KB062780

진달래꽃 저문 자리
모란이 시작되면

한국의 대표적 서정시인

김소월과 김영랑

아름다운 시 100편

진달래꽃 저문 자리 모란이 시작되면

최세라 엮음

프롤로그

진달래꽃 저문 자리 모란이 시작되면

'북에는 소월, 남에는 영랑'이라는 말이 있듯 김소월과 김영랑은 일제 강점기를 대표하는 서정 시인이다. 소월은 〈진달래꽃〉, 〈초혼〉 등으로, 영랑은 〈돌담에 소색이는 햇발〉, 〈모란이 피기까지는〉 등으로 대중에게 친숙한 시인이기도 하다. 그런데 '대중에게 친숙한'이라는 표현을 뒤집어보면 '한 가지 이미지로 고정되어 있는'이라는 뜻도 된다. 소월을 이별의 정한과 그리움을 표현한 시인으로, 영랑은 언어를 조탁하여 음악성을 추구한 시인으로 기억할 뿐 두 시인의 작품세계를 깊고 넓게 이해하려는 노력은 부족했던 게 사실이다.

소월과 영랑의 시를 각각 50편씩 수록한 것은 그런 이유에서이다. 단지 몇 편의 대표작만으로는 한 시인의 시 세계를 알기 어렵다. 물론 수십 편의 시를 읽는다 해서 시 세계를 온전히 파악할 수 있는 것은 아니다. 그러나 최소한 근접할 수는 있다.

한 편의 시를 읽는다는 것은 시적 화자와 내밀한 대화를 나누는 일이다. 소월과 영랑의 시를 수십 편 읽고 감상하는 것은 그만큼의 화자를 만나는 일이다. 화자는 시적 정황과 주제를 드러내 독자를 작품에 참여시킨다. 독자는 시적 정황에 여러 번 참여한 경험으로 시인의 시 세계를 파악할 수 있다.

이 책은 읽는 동안 소월과 영랑의 시 세계를 알아갈 수 있도록 만들어졌다. 두 시인의 삶과 시 세계는 서로 포개지기도 엇갈리기도 한다. 예컨대 소월의 본명이 김정식(金廷湜)이고, 영랑의 본명은 김윤식(金允植)으로 비슷한 발음을 공유하는 것은 우연의 일치라고만 보기 어렵다. 세심히 조탁한 시어로 민족의 정한을 노래한 것도 비슷한 점이다. 그러나 소월이 민중의 언어와 신앙을 수용해 슬픔의 극치를 보여주었다면, 영랑은 대체로 어느 한쪽에 치우치지 않는 정서를 유지했다는 점에서 다르다. 또 같은 경성 하늘 밑에서 수학한 적이 있는 두 시인이지만 후기 시로 갈수록 주제의식과 제재 면에서 차이가 선명해지는 것도 눈여겨볼 만하다.

무엇보다 이 책은 소월과 영랑의 시를 즐기도록 만들어졌다. 시를 읽는 행위는 고역이 되어서는 안 된다. 시를 읽는 일은 기다려지는 일이다. 기쁘고 기대되는 일이다. 그러므로 이 책은 소월과 영랑의 시를 때로는 즐겁게 때로는 격정적으로 읽을 수 있는 모든 사람을 위한 책이다. 부디 이 책이 소월과 영랑의 가장 내밀한 목소리를 들으려는 기대에 부응하기 바란다.

끝으로 조악한 원고를 다듬어 출판할 수 있도록 도움을 주신 창해출판사의 황인원 사장님과 편집자, 디자이너 님께 고개 숙여 감사의 마음을 전한다.

1

시의 가슴에 살포시 젖는 물결 같이

–김영랑, 〈돌담에 소색이는 햇발〉 중에서

사랑은 한두 번만 아니라, 그들은 모르고

– 김소월, 〈꽃 촉불 켜는 밤〉 중에서

3

화요히 나려비추는 별빛들이

– 김소월, 〈묵념〉 중에서

산허리에 슬리는 저녁 보랏빛

– 김영랑, 〈가늘한 내음〉 중에서

1

시의 가슴에 살포시 젖는 물결 같이

– 김영랑, 〈돌담에 소색이는 햇발〉 중에서

산유화

김소월

산에는 꽃 피네
꽃이 피네
갈 봄 여름 없이
꽃이 피네

산에
산에
피는 꽃은
저만치 혼자서 피어 있네

산에서 우는 작은 새여
꽃이 좋아
산에서 사노라네

산에는 꽃 지네
꽃이 지네
갈 봄 여름 없이
꽃이 지네

제목 '산유화(山有花)'는 꽃의 이름이 아니라 '산에 꽃이 있다'라는 뜻이다. 산에 꽃이 핀다는 것은 당연하고 자명한 사실이다. 겨울을 제외한 모든 계절에 꽃은 피고 진다. 소월은 의심할 여지없는 자연의 현상을 제재로 시를 쓴다. 계절은 바뀌고 생명 있는 것들은 살고 진다. 첫 연과 마지막 연의 '꽃'을 사람으로, '산'을 세상으로 바꿔서 이 시를 읽어 본다.

세상에 사람이 사네 / 사람이 사네 / 갈 봄 여름 없이 / 사람이 사네

세상에 사람의 숨이 지네 / 사람이 지네 / 갈 봄 여름 없이 / 사람이 지네

시인은 꽃이 "저만치 혼자서" 핀다고 말한다. 사람도 그렇지 않을까. 서로 얽혀 왁자지껄 사는 것처럼 보여도 한 사람 한 사람은 "저만치 혼자서" 살 수밖에 없다. 이렇듯 부질없이 생명은 살고 지고, 사는 동안 고독하게 거리를 지킨다.

우리는 흔히 대상에 자신의 감정을 투사한다. 꽃이 웃는다든지 길고양이가 운다든지 하는 것은 서정적 자아가 대상을 동일시하는 데서 오는 표현이다.

소월은 "저만치 혼자서"라는 표현 하나로 서정적 자아와 꽃의 간격을 벌린다. 그렇게 해서 이 시를 객관적인 시선으로 감상할 수 있도록 만든다. 소월은 〈산유화〉를 읽는 사람을 "저만치 혼자서" 있도록 만들고 있다.

꿈밭에 봄마음

김영랑

굽이진 돌담을 돌아서 돌아서
달이 흐른다 놀이 흐른다
하이얀 그림자
은실을 즈르르 몰아서
꿈밭에 봄마음 가고가고 또 간다

우리말의 음악성을 가장 잘 구현했다고 평가받는 영랑의 시는 읽을수록 감미롭고 아름답다. 유음인 'ㄹ'이 시의 곳곳을 휘감아 돈다. 그리고 천천히 흘러간다. 이 시의 서술어는 '돌다', '흐르다', '몰다', '가다'이다. 다섯 행의 짧은 시에 네 개의 동사가 들어가 시를 살아 숨쉬게 한다.

또한 "돌담을 돌아서 돌아서"나 "가고가고 또 간다"에서처럼 특정 음절이 반복되면서 시에 리듬감을 부여한다. 이 시는 침잠하거나 정지돼 있지 않다. 고요한 역동성을 가진다. 그리고 고요한 역동성은 영랑 시의 특징을 이룬다.

진달래꽃

김소월

나 보기가 역겨워
가실 때에는
말없이 고이 보내드리우리다

영변에 약산
진달래꽃
아름 따다 가실 길에 뿌리우리다

가시는 걸음걸음
놓인 그 꽃을
사뿐히 즈려 밟고 가시옵소서

나 보기가 역겨워
가실 때에는 죽어도 아니 눈물 흘리우리다

잎보다 꽃이 먼저 피는 진달래꽃은 앙상한 나무들이 듬성듬성 서 있는 산을 분홍빛으로 물들인다. 진달래꽃은 거리를 두고 즐기는 관상용 꽃이 아니다. 꽃가지를 꺾어 정인에게 주기도 하고, 꽃잎을 따서 화전을 부쳐 먹기도 하고, 처녀 총각 귀신을 달래기 위해 꽃무덤을 만들어 주기도 하는, 우리의 삶과 풍속에 깊이 들어와 있는 꽃이다.

시인은 진달래꽃을 통해 임이 "가실 때"의 상황을 가정해 보고 있다. 지금 열렬히 사랑하는 임도 언젠가는 헤어져야 할 타인이어서다. 님이 떠나는 계절은 심정적으로 차가운 바람이 이는 초봄일 것이다. 연녹색 나뭇잎 한 장 없는 산에 들어가서 분홍 진달래를 품 안에 가득 따는 손은 비통함에 떨릴 것이다.

그러나 소월은 이 시를 통해 이별의 슬픔을 노래하기보다는 떠나는 임의 상황을 이해하고 축복해 주는 마음을 묘사하고 있다. 혹자는 이 시의 시적 화자가 여성이라고 하고, 어떤 이는 남성이라고 한다. 어떤 사람은 이 시가 이별의 정한을 노래한다고 하고, 또 누군가는 사랑이 한창일 때 이별의 상황을 그려 보는 시인의 모습이라고도 한다.

소월은 진달래꽃을 쓰면서 후대 사람들이 분분한 해석을 내놓으리라고 상상했을까. 아마도 아닐 것이다. 다만 이별의 순간에도 임을 축복해 주는 사랑의 힘을 보여주고 싶었을 것이다.

모란이 피기까지는

김영랑

모란이 피기까지는
나는 아직 나의 봄을 기다리고 있을테요
모란이 뚝뚝 떨어져버린 날
나는 비로소 봄을 여읜 설움에 잠길테요
오월 어느 날 그 하루 무덥던 날
떨어져 누운 꽃잎마저 시들어버리고는
천지에 모란은 자취도 없어지고
뻗쳐오르던 내 보람 서운케 무너졌느니
모란이 지고 말면 그뿐 내 한 해는 다 가고 말아
삼백예순 날 하냥 섭섭해 우옵니다
모란이 피기까지는
나는 아직 기다리고 있을테요 찬란한 슬픔의 봄을

많은 경우 모란은 울안에 들여 감상하는 관상용 꽃이다. 더없이 크고 화려한 모란은 보는 이의 마음속에 찬란하게 피어난다. 시인은 모란이 피기까지는 아직 봄을 봄이라 여기지 않겠다고 말한다. 봄에 앞서 봄을 알려 주는 매화도, 들에 가득 피어나는 민들레도, 사과꽃이나 벚꽃도 그에게 봄을 안겨주지 못한다.

마침내 모란이 핀 날 시인은 보람이 뻗쳐오르는 것을 느낀다. 그러나 슬프게도 활짝 피어난 지 닷새 만에 모란은 뚝뚝 떨어지고 만다. 시인은 다시 모란이 피기만을 기다리며 “삼백 예순 날” 울며 지낼 수밖에 없다.

영랑은 이 시에서 모란이 활짝 피어난 모습을 묘사하지 않는다. 오히려 지는 모습을 묘사하여 모란의 화려함을 드러내 보인다. “찬란한 슬픔의 봄”인 모란과 사랑은 동일한 속성을 가졌다. 봄 풍경을 화사하게 만들어 준다는 점에서 그렇고, 내내 기다린다는 점에서도 그렇다. 얼마 못 가 헤어지고 만다는 점에서는 특히 더 그렇다. 사랑은 “찬란한 슬픔의 봄”의 다른 이름일 것이다.

모란꽃이 지고 나면 시인은 다음 해 봄을 기다린다. 결코 모란을, 사랑을 포기하지 않는다. 몇 월 몇 일에 피겠다는 예고도 없이 불시에 피었다가 화려함의 절정에서 지고 마는 모란은 끝없이 피고 지는 우주 법칙을 의미하기도 한다. 이 세상 모든 것은 무상하여 끝없이 변한다. 시인이 맞이하는 모란도 지난해의 모란과는 다른 꽃이다. 사랑도 그렇다.

가는 봄 삼월

김소월

가는 봄 삼월, 삼월은 삼짇날
강남 제비도 안 잊고 왔는데.
아무렴은요
서럽게 이때는 못 잊게, 그리워.

잊으시기야, 했으랴, 하마 어느새,
임 부르는 꾀꼬리소리.
울고 싶은 바람은 저물도록 부는데
서럽게도 이때는
가는 봄 삼월, 삼월은 삼짇날.

음력 3월 3일, 삼짇날이 되면 쌀쌀하던 초봄이 가고 제비가 날아온다. 사람들에게 삼짇날은 반가운 명절이다. 추위가 사그라들기 시작해 좋아하는 사람들과 꽃놀이를 하기에도 좋고 화전을 부쳐 먹기에도 좋고 풀밭을 거닐며 한담을 나누기에도 맞춤하기 때문이다. 그러나 시인은 돌아오지 않는 임 생각에 삼짇날이 서럽기만 하다.

꽃샘바람을 무릅쓰고 피어나던 초봄의 꽃들이 지기 시작한다. 시인은 "가는 봄"이 아쉽고 또 아쉽다. "가는 봄"은 떠나가신 임과 같아서 붙잡을 수 없다. 손을 내밀어 보아도 살갑게 맞잡아 주지 않는다. 남들은 한껏 즐기는 삼짇날의 한가운데 그는 혼자서 서러움에 눈이 젖는다. 그렇게 봄은 떠나고 있다. 겨울이 끝나면 되돌아오겠지만 올해의 봄은 아닌 것이다.

오월

김영랑

들길은 마을에 들자 붉어지고
마을 골목은 들로 내려서자 푸르러졌다
바람은 넘실 천이랑 만이랑
이랑 이랑 햇빛이 갈라지고
보리도 허리통이 부끄럽게 드러났다
꾀꼬리는 여태 혼자 날아볼 줄 모르나니
암컷이라 쫓길뿐
수놈이라 쫓을뿐
황금 빛난 길이 어지럴뿐
얇은 단장하고 아양 가득 차있는
산봉우리야 오늘밤 너 어디로 가버리련?

오월은 늦봄과 초여름 사이에 있다. 생명력이 넘치는 이 계절엔 자연과 인간 세상의 구분이 사라진다. 들길과 마을은 서로의 구역을 넘나들며 한껏 어우러진다. 그뿐 아니다. 여름에 수확하는 보리는 제법 낟알을 달고 무르익어가고 있으며, 꾀꼬리는 늘 암수 짝지어 날아다닌다. 산봉우리는 마치 외출하려는 사람처럼 단장을 한 채 서 있다. 하늘과 땅 어디를 봐도 우수에 젖어 있거나 그늘진 것은 없다. 오월은 그렇게 빛나는 계절이다. 시적 화자도 산봉우리에 말을 붙이며 풍경의 일부가 되어간다.

영랑의 시는 시상의 전개가 매끄럽고 시어 하나하나가 빛난다. 또 그의 시는 지나치게 애상에 젖지도 않고 과장된 표현으로 기울지도 않는다. 이러한 시적 세계를 가진 영랑은 지금까지도 사랑받는 시인으로 우리 가슴속에 존재한다.

자주 구름

김소월

물 고운 자주 구름,
하늘은 개어오네.
밤중에 몰래 온 눈
솔숲에 꽃 피었네.

아침 볕 빛나는데
알알이 뛰노는 눈

밤새에 지난 일은……
다 잊고 바라보네.

움직거리는 자주 구름.

밤중에 내린 눈을 시인은 알지 못한다. 눈은 시인이 눈치 채지 못하도록 몰래 왔기 때문이다. 눈은 이제 소나무 숲에 하얀 눈꽃으로 얹혀 있다. 아침이 가까워지자 먼동에 물든 자줏빛 구름이 떠오른다. 햇볕 안에서 눈이 알알이 빛난다. 지난 일을 잊을 만한 광경이다.

소월은 눈이 "알알이 뛰논"다고 말하여 서서히 녹아 가는 눈에 역동성을 부여한다. 자주 구름도 "움직거린"다고 표현한다. "자주 구름"은 개어오는 하늘에 살포시 끼어 있다. 상서로움의 징조다. 나라를 잃고 연인을 잃은 소월에게도 반짝 개인 날이 있었던 걸까. 어두웠던 "지난 일"들은 다 잊을 수 있을 만한 날들이.

서서히 녹아 가는 눈송이를 이만큼 감각적으로 묘사한 시를 나는 아직 읽지 못했다.

돌담에 소색이는 햇발

김영랑

돌담에 소색이는 햇발 같이
풀 아래 웃음 짓는 샘물 같이
내 마음 고요히 고운 봄 길 위에
오늘 하루 하늘을 우러르고 싶다.

새악시 볼에 떠오르는 부끄럼 같이
시의 가슴에 살포시 젖는 물결 같이
보드레한 에메랄드 얇게 흐르는
실비단 하늘을 바라보고 싶다.

〈모란이 피기까지는〉과 함께 김영랑의 대표작으로 꼽히는 이 시에서 단연 눈에 띄는 것은 우리말의 아름다움이다. 세심히 조탁한 심미적인 시어로 작품을 썼던 영랑의 고향은 전라남도 강진이다. 다도해 연안이 내려다보이는 집에서 사투리로 말하고 사투리에 귀 기울였을 시인을 그려 본다. 남도의 순박하고 서정적인 향토어가 그를 시인으로 만들었다고 말해도 과언은 아닐 것이다.

겨울을 몰아내고 찾아온 봄은 차갑던 돌담을 따뜻하게 데우고 샘물가에 풀이 돋게 한다. 이 시의 1연과 2연의 목적어는 모두 "하늘을"이다. 우러르고 싶고 바라보고 싶은 하늘. 오늘 하루를 송두리째 바라보는 데만 써도 좋을 그런 하늘. 영랑은 높은 곳을 우러르며 새로운 소망을 가졌을 것이다. 소월이 눈부신 눈송이를 보고 지난 일을 잊었듯 절망적인 상황을 견뎌냈을 것이다.

달맞이

김소월

정월 대보름날 달맞이,
달맞이 달마중을, 가자고!
새라새 옷은 갈아입고도
가슴엔 묵은 설움 그대로,
달맞이 달마중을, 가자고!
달마중 가자고 이웃집들!
산 위에 수면에 달 솟을 때,
돌아들 가자고, 이웃집들!
모작별 삼성이 떨어질 때.
달맞이 달마중을 가자고!
다니던 옛 동무 무덤가에
정월 대보름날 달맞이!

어두운 시대에도 보름달은 뜬다. 시인은 달맞이를 서두른다. 혼자 가는 것이 아니라 이웃 사람들을 아우르며 가고자 한다. 시인은 자꾸 재촉한다. 가슴에 "묵은 설움"을 그대로 가지고서 환한 달을 맞이하러 가자고 한다.

이 시에는 느낌표가 반복적으로 쓰인다. 총 12행 중 6번이나 된다. 시의 절반을 영탄법으로 탄주할 만큼 화자에게 정월 대보름달이 뜬다는 것은 대단한 사건이자 기쁨이다. 그 기쁨을 이웃과 함께 누리고 싶은 이유는 그들의 슬픔과 설움을 알기 때문이다. "다니던 옛 동무 무덤가에" 달맞이를 가자고 하는 이유는 죽은 동무 곁에서 서러워하기 위해서이다.

이 시를 읽다가 눈길이 멈춘 곳은 "가슴엔 묵은 설움 그대로"였다. 소월은 대보름달이 뜬다 해서 식민 시대의 조국이 한순간에 해방되지는 않는다는 사실을 잘 알고 있었다. 그러나 그러한 불운과 절망을 안고 살아도 겨레가 한 달빛 아래 가슴을 열 날이 오리라 기대한다. 우리의 삶은 그런 것이라고 말해 준다.

달맞이

김영랑

빛깔 환–히
동창에 떠오름을 기다리신가
아흐레 어린 달이
부름도 없이 홀로 났소
월출동령(月出東嶺)
팔도 사람 맞이하오
기척 없이 따르는 마음
그대나 고이 싸안아주오

이 시에서의 달은 보름달이 아니다. 초승달에서 반달로 가는 "아흐레 어린 달"이다. 불러 준 사람이 없지만 달은 동쪽 산줄기에 혼자 떠올라 온 겨레를 비춘다.

정월 대보름달이나 한가위 보름달이 뜨면 사람들은 달을 보며 소원을 빌고 명절 음식을 나눈다. 덕담을 주고받으며 함께 즐거워한다. 그러나 그러한 보름달도 점점 기운이 쇠약해져 언젠가는 그믐달로 변한다. 그믐달에서 다시 출발해 보름달을 이룬다. 이러한 일을 지친 기색도 없이 달은 해낸다.

영랑은 보름달이 되기 위해 점점 살이 붙는 아흐레 달에 주목한다. 아무도 바라봐 주지 않지만 희망처럼 나타나는 어린 달. 시인이 진정으로 바란 것은 무엇이었을까. 아무도 모르게 밝아오는 어린 달의 불씨를 함께 소망하고 싶었던 게 아닐까. 해방에의 희망이 아니었을까.

저녁때

김소월

마소의 무리와 사람들은 돌아가고, 적적히 빈 들에,
악머구리 소리 우거져라.
푸른 하늘은 더욱 낮추, 먼 산 비탈길 어두운데
우뚝우뚝한 드높은 나무, 잘새도 깃들어라.

볼수록 넓은 벌의
물빛을 물끄러미 들여다보며
고개 수그리고 박은 듯이 홀로 서서
긴 한숨을 짓느냐, 왜 이다지!

온 것을 아주 잊었어라, 깊은 밤 예서 함께
몸이 생각에 가볍고, 맘이 더 높이 떠오를 때.
문득, 멀지 않은 갈숲 새로
별빛이 솟구어라.

소월은 어린 시절부터 결핍의 정서를 가졌다. 무자비한 일본인의 폭력에 아버지를 잃고, 그림자같이 삶을 함께하던 연인을 잃어서였다. 아버지의 부재는 그의 평생에 두고두고 영향을 미쳐서 그것을 극복하기 위해 각고의 노력을 기울여야 했다.

사람들은 저녁때를 생각할 때 식구들이 밥상에 둘러앉아 정을 나누는 정경을 떠올린다. 그러나 소월의 저녁때는 황량하여 마치 모두가 가버린 빈 들과 같다. 그의 내적 풍경은 이렇듯 어둡고 쓸쓸하다. 악머구리 떼만 요란히 울어 댄다.

그러나 문득 시인은 태도를 바꿔서 고개 숙이고 “긴 한숨을 짓”는 자신을 꾸짖는다. 애써 몸을 가볍게 하고 마음을 높이 띄운다. 그럴 때에 “멀지 않은 갈숲 새로” “별빛이” 솟구친다. 새 희망이 돋는다.

황홀한 달빛

김영랑

황홀한 달빛
바다는 은장
천지는 꿈인양
이리 고요하다

부르면 내려올 듯
정든 달은
맑고 은은한 노래
울려날 듯

저 은장 위에
떨어진단들
달이야 설마
깨어지려고

떨어져 보라
저 달 어서 떨어져라
그 혼란스럼
아름다운 천동 지동

후젓한 삼경
산 위에 홀히
꿈꾸는 바다
깨울 수 없다

시인은 산 위에 홀로 앉아 달빛 비치는 바다를 내려다보고 있다. 비애나 설움이 없이, 온전히 자연의 풍광에 자신을 내어준다. 물아일체의 경지는 이렇듯 아름다운 꿈과 같아서 "황홀한 달빛"과 은장 같은 바다와 사람이 같은 마음으로 일렁인다. 그러나 시인은 그 풍경에 몰두하여 자신을 잊을 정도는 아니다. 자연도 마찬가지다.

"꿈꾸는 바다"는 외부의 힘에 의해 깨어나지 않는다. 달은 "떨어져 보"라는 말을 굳이 따르지 않고 제 리듬을 유지한다. 모두가 각자 존재하면서 함께 어우러지기, 성숙한 관계란 그런 것일 테다.

봄 밤

김소월

실버들 나무의 거무스레한 머릿결인 낡은 가지에
제비의 넓은 깃 나래의 감색 치마에
술집의 창 옆에, 보아라, 봄이 앉았지 않은가.

소리도 없이 바람은 불며, 울며, 한숨지어라
아무런 줄도 없이 섧고 그리운 새카만 봄밤
보드라운 습기는 떠돌며 땅을 덮어라.

죽은 것 같던 나무들이 새잎을 내는 봄이 왔다. 버드나무의 가지, 제비의 날개, 술집의 창 옆에 찾아왔다. 그러나 봄이 왔다고 해서 마냥 따사롭기만 한 건 아니다. 바람이 "불며, 울며, 한숨"지으며 이곳저곳 일어난다. 그런가 하면 "아무런 줄도 없이 섧고 그리운" 감정은 쉽게 가라앉지 않는다. 그렇게 "봄밤"은 앞이 보이지 않을 만큼 새까맣다.

춘래불사춘(春來不似春). 봄이 왔지만 봄 같지 않다. 모란이 피기까지 "나의 봄"을 기다리겠다고 한 영랑처럼, '소월의 봄'은 아직 도래하지 않았다. "보드라운 습기는 떠돌며" 아직은 "땅을 덮"고 있는 것이다.

제야(除夜)

김영랑

제운 밤 촛불이 찌르르 녹아 버린다
못 견디게 무거운 어느 별이 떨어지는가

어둑한 골목골목에 수심은 떴다 가란젓다
제운맘 이 한밤이 모질기도 하온가

희부연 종이등불 수줍은 걸음걸이
샘물 정히 퍼붓는 안쓰러운 마음결

한 해라 그리운 정을 묻고 싸서 흰그릇에
그대는 이밤이라 맑으라 비사이다.

한 해가 지나 섣달 그믐날 밤이 되었다. 시인은 무거운 마음으로 제야를 맞이한다. "촛불이 찌르르 녹"고 "무거운 별이 떨어지"는 밤이다. 이제 곧 새해가 밝는다는 희망찬 전망보다는 수심에 잠겨 모든 것이 근심스럽기만 하다.

그러나 "희부연 종이등불"을 들고 걸어온 "그대"가 있어 어두운 마음이 밝아지는 듯하다. 비록 모질디 모진 계절이지만 "그대"는 정화수를 붓고 정결한 마음으로 한 해를 뒤돌아보고 있다. 새해까지는 얼마 남지 않은 시간이지만 "이 밤"이 "밝"기를 빈다.

이 시는 한 해의 마지막 밤에 느끼는 쓸쓸한 소회와 "그대"가 환기시키는 정결한 마음가짐이 잘 드러난 작품이다. 한 해를 정리하는 "그대"의 모습을 통해 제야를 맞이하고 보내는 일에 대해 생각해 본다. 그런 일이 매년 거듭되는 일에 대해 생각해 본다. 제야는 한 해의 끝일 뿐 인생의 마침표는 아니기 때문이다.

몹쓸 꿈

김소월

봄 새벽의 몹쓸 꿈
깨고 나면!
우짖는 까막까치, 놀라는 소리,
너희들은 눈에 무엇이 보이느냐.

봄철의 좋은 새벽, 풀 이슬 맺혔어라.
볼지어다, 세월은 도무지 편안한데,
두서없는 저 까마귀, 새들게 우짖는 저 까치야,
나의 흉한 꿈 보이느냐?

고요히 또 봄바람은 봄의 빈 들을 지나가며,
이윽고 동산에서는 꽃잎들이 흩어질 때,
말 들어라, 애틋한 이 여자야, 사랑의 때문에는
모두 다 사나운 조짐인 듯, 가슴을 뒤노아라.

꿈은 무의식의 문을 열어 주는 비밀의 열쇠다. 사람들은 간밤의 꿈자리가 좋았기를 바란다. 꿈은 잠이 깸과 동시에 잊어지지만 어떤 꿈은 기상 후에도 살아남아 줄곧 머릿속을 맴돈다. 꿈에 예지능력이 있다고 믿는 이들은 자신의 미래를 점쳐보기도 하고 무의식의 반영이라고 믿는 이들은 자신의 마음속에 억눌린 욕망이 있는지 살펴보기도 한다.

이 시에서 시인은 "몹쓸 꿈"을 꾸고 나서 그것이 "사나운 조짐"이라고 생각한다. 마음은 불안하고 복잡해진다. 불길하다. 이 꿈은 "애틋한 이 여자"에 대한 사랑 때문에 생겨난 것이다. 시인이 사랑을 놓지 못하는 한 "몹쓸 꿈"은 계속될 것이다.

꿈은 보통 잠들어 있는 동안 오감으로 느끼는 현상을 뜻한다. 또 '희망'이라는 의미도 가지고 있다. 아무도 나쁜 상황을 기대하거나 희망하지는 않을 것이다.

이 시에서 시인의 "몹쓸 꿈"은 기대에 반하는 일이 생길 것임을 암시한다. 그러나 시인은 그런 이유로 사랑을 놓지 않을 것이다. 자신의 무의식을 다 고갈시키면서까지 지켜야 하는 것이 사랑이기 때문이다.

오월 한(恨)

김영랑

모란이 피는 오월 달
월계도 피는 오월 달
온갖 재앙이 다 벌어졌어도
내 품에 남은 따순 김 있어
마음실 튀기는 오월이러라
무슨 대견한 옛날이었으랴
그래서 못 잊는 오월이랴
청산을 거닐면 하루 한 치씩
뻗어오르는 풀숲 사이를
보람만 달리는 오월이러라
아무리 두견이 애달파 해도
황금 꾀꼬리 아양을 펴도
싫고 좋고 그렇기보다는
풍기는 내음에 진력났건만
어느새 다해-진 오월이러라.

오월은 이제 거의 끝나 간다. 말 못할 상황이나 예기치 못한 일이 생겨서 저무는 게 아니다. 때가 차서 자연스럽게 유월로 옮아가고 있을 뿐이다. 그러나 영랑의 마음은 아직 오월에 머물고자 한다. 땅에선 좌우의 이념이 다르다 해서 동족끼리 총칼을 겨누는 일들이 일어나고 있지만, 모란과 월계가 피는 오월이 있는 한 아직 "따순 김"을 품을 수 있어서다.

지치거나 슬플 때 "따순 김"을 불어넣어 주는 존재가 있다면 행복한 사람이다. 살아온 날들이 "대견한 옛날"이 아니어도 괜찮다. "풍기는 내음에 진력"나도 상관없다. 인생이라는 도정에서 무언가로 인해 희망과 여유를 가질 수 있다는 게 중요하다.

오월의 생명력을 사랑했던 영랑은 1950년 "오월 한(恨)"을 마지막으로 더 이상 작품을 발표할 수 없게 되었다. 불과 몇 달 뒤인 그해 9월에 시인은 세상을 떠나고 만다.

가을

김소월

검은 가시의 서리 맞은 긴 덩굴들은
시닥나무의 꾸부러진 가지 위에,
회색인 밀봉의 구멍에도 벋어 말라서
아프게 하는 가을은 더 쓰리게 왔어라.

서러워라, 인 눌린 우리의 가슴아!
겉으로는 사랑의 꿈의 발 아래
아! 나의 아름다운 붉은 물가의,
새로운 밀물만 스쳐가며 밀려와라.

늦가을이 되면 땅에 잎들이 쌓인다. 더러 나뭇가지에 붙은 잎들은 물기 없이 버석거린다. 서리가 내릴 무렵이면 사람들은 밭작물을 거두기 위해 서두른다. 서리는 귀한 채소를 밤새 얼려 못쓰게 만들어 버리기 때문이다. 시인은 "서리 맞은 긴 덩굴들"이 이리저리 뻗은 채 말라가는 광경을 아프게 바라본다.

"우리의 가슴"도 서리 맞은 식물 못지않게 아프고 쓸쓸하다. "인 눌린" 가슴을 가진 사람마다 황량한 시대를 살아간다. "겉으로는 사랑의 꿈의 발 아래" "아름다운 붉은 물가"에서 새 물결이 오기를 바라고 있지만 마음은 서럽기만 하다.

소월은 식민지 시대를 살아가는 우리 민족의 정한을 섬세하게 그려냈다. "새로운 밀물"은 일제의 압제에서 벗어나 다시는 짓눌리지 않고 살아갈 시대의 도래를 뜻한다.

늦가을이 되면 사람들은 월동 준비를 한다. 겨울을 무사히 건널 수 있도록 자원을 마련한다. 소월의 시를 읽으며 겨울을 건너는 일에 대해 생각해 본다.

오-매 단풍 들겠네

김영랑

〈오-매 단풍 들겠네〉
장광에 골붉은 감잎 날아와
누이는 놀란 듯이 치어다보며
〈오-매 단풍 들겠네〉

추석이 내일모레 기둘리리
바람이 잦아서 걱정이리
누이의 마음아 나를 보아라
〈오-매 단풍 들겠네〉

이 시에는 전라도 사투리를 구사하는 '누이'와 '나'가 등장한다. '누이'는 장독대에 "골붉은 감잎"이 "날아"오자 "오-매"라는 감탄사를 내뱉는다. 이보다 더 구성진 감탄사가 세상 어디에 또 있을까. 한편 '누이'의 오빠인 '나'는 단풍이 들고 가을이 깊어지면 '누이'가 추석을 기다릴 것이라고 마음을 헤아려 준다. 바람이 자주 불어서 근심도 하겠다고 짐작한다. 이 짧은 여덟 행의 시에 '누이'의 "〈오-매 단풍 들겄네〉" 감탄하는 말, 오빠의 누이를 헤아리는 마음이 온전히 들어가 있다.

영랑의 시 속에 들어있는 향토어는 언제나 자연스럽고 정답다. 지금 이 순간 이 시가 마음에 가득한 것은 이상한 일도 신기한 일도 아니다. "〈오-매 단풍 들겄네〉"를 외우며 길을 걷다가 우연히 아는 사람을 만난다면 "오-매"라고 말하며 한껏 반길 것 같다.

오시는 눈

김소월

땅 위에 쌔하얗게 오시는 눈.
기다리는 날에는 오시는 눈.
오늘도 저 안 온 날 오시는 눈.
저녁 불 켤 때마다 오시는 눈.

사랑하는 사람과 분리되는 경험, 그리고 기다림의 소회는 소월 시의 주된 정조다. 시인이 아무리 기다려도 사랑하는 사람은 오지 않는다. 그가 밖을 내다볼 때나 "저녁 불 켤 때마다" 눈이 올 뿐이다. 시간과 공간의 제약을 받는, 마음의 이격 또한 없을 수 없는 사람과 달리 눈은 언제나 어디에나 온다. 추운 겨울에 땅 위가 하얗다는 진술로 보아 눈은 누구의 발자국도 찍히지 않은 숫눈이라는 사실을 알 수 있다. 시인의 마음이 그처럼 정결하다는 것도 느낄 수 있다.

소월은 왜 눈이 온다고 하지 않고 오신다고 말했을까. 이룰 수 없는 사랑과 달리 눈은 사랑을 어디에나 있게 만든다. 눈은 보편적인 사랑을 상징한다. 그러한 특성을 소월은 높게 산 것이 아닐까.

한편 행의 끝자락마다 반복되는 "오시는 눈"은 이 시를 리드미컬하게 만든다. 기다림이 리드미컬할 수 있다니! 시를 소리 내어 읽는 동안 노래가 될 수 있게 만들다니!

함박눈

김영랑

〈바람이 부는 대로 찾아가오리〉
흘린 듯 기약하신 님이시기로
행여나! 행여나! 귀를 종금이
어리석다 하심은 너무로구려

문풍지 서름에 몸이 저리어
내리는 함박눈 가슴 해어져
헛보람! 헛보람! 몰랐으료만
날 더러 어리석단 너무로구려

시인이 님을 기다리는 것은 "흘린 듯" 말한 님의 기약에 근거한다. 그 약속을 붙들고 기다리기 때문에 무모하다는 생각을 하지 못한다. 그는 귀를 종금이 세워 언제 어디서나 님을 포착하기 위해 애쓴다. 그러나 문풍지 사이로 스며들어오는 바람에 몸이 저리고 함박눈에 가슴이 해어지고 만다. 소월 시의 눈과 달리 이 시에서의 눈은 차가운 성질을 가졌고 어딘가에 닿으면 녹아버린다. 마치 사랑의 유한성을 상징하는 것처럼.

님의 기약을 믿고 기다렸건만 헛 보람을 느낄 뿐인 시인은 그러나 자신에 대해 어리석다고 평가하는 데에는 당당히 맞선다. 세상 사람들은 종종 기다림을 어리석음으로 치환해 평가한다. 기다림이 가지는 것은 수동성만이 아니다. 기다리는 사람은 모든 상황을 예리하게 감각한다. 그 대상이 누구이든 무엇이든, 기다림을 반복하는 이는 생생하게 사는 사람이다. 너무나 생생해서 기다림이 실체가 되는 순간까지.

지연

김소월

오후의 네 길거리 해가 들었다,
시정의 첫겨울의 적막함이어,
우둑히 문 어구에 혼자 섰으면,
흰 눈의 잎사귀, 지연이 뜬다.

시인에게 겨울은 “적막”한 계절이다. 낮이 되어도 햇빛이 내리비춰도 그런 감정은 좀처럼 사라지지 않는다. 그는 “우둑히 문 어구에 혼자” 선다. 겨울의 적막함에 동화된다. 이제 화자와 시적 배경은 다르지 않다. 그림처럼 하나가 된다.

한편 높은 하늘로 떠오르는 지연(紙鳶), 종이 연은 “흰 눈의 잎사귀”처럼 아름답게 펄럭인다. 연도 혼자 서 있는 시인처럼 고독하다. 겨울바람을 안고 홀로 날아올라야 하는 종이 연. 그 일에 성공하지 못하면 추락이 있을 뿐이다. 마치 절망에 빠진 사람의 삶처럼. 한 번쯤 그런 심경에 붙들려 본 사람처럼.

연1

김영랑

내 어린 날!
아슬한 하늘에 뜬 연 같이
바람에 깜박이는 연실 같이
내 어린날! 아슴풀하다

하늘은 파-랗고 끝없고
팽팽한 연실은 조매롭고
오! 흰 연 그새에 높이
아실아실 떠놀다 내 어린 날!

바람 일어 끊어 갔더면
엄마 아빠 날 어찌 찾아
희끗희끗한 실낱 믿고
어린 아빠 피리를 불다

오! 내 어린 날 하얀 옷 입고
외로이 자랐다 하얀 넋 담고
조마조마 길가에 붉은 발자욱
자욱마다 눈물이 고이었었다

시인은 희미하고 흐릿한 어린 시절의 한때를 추억한다. 하얀 연이 "아실아실 떠놀"고 있는 가운데 어린 시인은 "팽팽한 연실"이 끊어질까 봐 조마조마하다.

푸른 하늘에 잠겨서 보였다 안 보였다 하는 연실은 오롯이 얼레를 쥔 사람에 달려있다. 홀로 감당해야 하는 인생사를 어려서부터 깨달은 걸까. 시인은 "(발)자욱마다 눈물이 고이었었"던 어린 시절을 고백한다. "하얀 옷", "하얀 넋"의 외로운 소년. 눈물 고인 발자국을 따라가면 얼레를 붙잡고 연을 날리던 영랑을 만날 수 있을까.

접동새

김소월

접동
접동
아우래비 접동

진두강 가람 가에 살던 누나는
진두강 앞마을에
와서 웁니다

옛날, 우리나라
먼 뒤쪽의
진두강 가람 가에 살던 누나는
의붓어미 시샘에 죽었습니다

누나라고 불러보랴
오오 불설워
시새움에 몸이 죽은 우리 누나는
죽어서 접동새가 되었습니다

아홉이나 남아 되던 오랩동생을
죽어서도 못 잊어 차마 못 잊어
야삼경 남 다 자는 밤이 깊으면
이 산 저 산 옮아가며 슬피 웁니다

접동새에는 다음과 같은 전설이 있다. 옛날에 어느 여인이 딸 하나와 아들 아홉을 두고 세상을 떠났다. 아버지는 새로 부인을 들였는데 이 부인은 전실의 딸이 미워서 사사건건 구박을 했다. 구박을 못 이긴 딸은 설움을 안은 채 죽고 말았다. 아홉 남동생들은 유품을 불에 태우며 누나의 넋을 달랬지만 새어머니는 아깝다며 태우지 못하게 했다. 이에 남동생들이 새어머니를 불에 떠밀었는데 그녀는 까마귀로 환생해 날아갔다. 죽어서 접동새가 된 딸은 까마귀가 무서워서 밤에만 동생들을 찾으며 울고 다닌다.

억울하게 죽은 넋이 새가 되어 환생한다는 설화는 언제나 듣는 사람의 마음을 울린다. 접동새는 죽어서까지 까마귀가 된 계모에게 쫓긴다. 밤에만 우는 새 접동은 무시무시한 까마귀와 같은 일제에게 탄압받던 우리 민족의 모습이 아니었을까.

두견

김영랑

울어 피를 뱉고 뱉은 피는 도로 삼켜
평생을 원한과 슬픔에 지친 작은 새
너는 너른 세상에 설움을 피로 새기려 오고
네 눈물은 수천 세월을 끊임없이 흐려놓았다
여기는 먼 남쪽 땅 너 쫓겨 숨음직한 외딴곳
소름돋는 네 울음 천길 바다 밑 고기를 놀래고
하늘가 어린 별들 바르르 떨리겠구나

몇 해라 이 삼경에 빙빙 도-는 눈물을
사라지지는 못하고 고인 그대로 흘리웠느니
서럽고 외롭고 여윈 이 몸은
퍼붓는 네 술잔에 그만 지쳤느니
무섬증 드는 이 새벽 가지울리는 저승의 노래
저기 성밑을 돌아나가는 죽음의 자랑찬 소리여
달빛 오히려 마음 어둘 저 흰 등 흐느껴 가신다
오래 시들어 파리한 마음 마저 가고 싶어라

비탄의 넋이 붉은 마음만 낱낱 시들게 하니
짙은 봄 옥속 춘향이 아니 죽였을나드냐
옛날 왕궁을 나신 나이 어린 임금이
산골에 홀히 우시다 너를 따라가셨드라니

고금도(古今島) 마주보이는 남쪽 바닷가 한 많은 귀향길
천리 망아지 얼렁소리 쇠한 듯 멈추고
선비 여윈 얼굴 푸른 물에 띄웠을제
네 한된 울음 죽음을 홀리어 불렀으리라

너 아니 울어도 이 세상 서럽고 쓰린 것을
이른 봄 수풀이 초록빛 들어 물 내음새 그윽하고
가는 대잎에 초생달 매달려 애틋한 밝은 어둠을
너 몹시 안타까워 포실거리며 훗훗 목메었느니
아니 울고는 하마 죽어 없으리 오! 불행의 넋이여
우지진 진달래 와자지껄한 이 삼경의 네 울음
희미한 줄산(山)이 살풋 물러서고
조그만 시골이 흥청 깨어진다

두견새와 두견화(진달래)에는 다음과 같은 전설이 있다. 아주 오랜 옛날 하늘의 신인 두우(杜宇)가 친히 이 땅에 내려와서 중국의 어느 한 곳에 '촉(蜀)'이라는 나라를 세웠다. 세월이 흘러 두우는 나라를 빼기고 왕위에서 내려오게 되었다. 그는 다시 복위하여 백성에게 선정을 베풀려 했으나 뜻을 이루지 못하고 죽어 두견새가 되었다. 두견새가 된 두우는 밤낮 '귀촉(歸蜀) 귀촉(歸蜀)' 울며 촉나라로 돌아가고 싶어했다. 그는 피를 토할 정도로 울었는데 그렇게 토해진 피가 진달래에 떨어져 세상을 붉게 물들였다. 이런 이유로 사람들은 진달래를 두견화라 불렀다.

시인은 옥에 갇힌 춘향이나 억울하게 왕위를 빼앗긴 단종(나이 어린 임금), 귀향길에 오른 선비의 마음이 피 토하는 두견새의 마음 같았을 것이라 말한다. 두견의 울음소리는 얼마나 치명적인지 "조그만 시골이 흥청 깨어"질 정도다. 그렇다면 무엇으로 시인과 두견을 달랠 수 있을까. 시인은 "너 아니 울어도 이 세상 서럽고 쓰"리다고 한다. 두견이 울지 않아도 자신은 "서럽고 외롭고 여윈" "몸"이라고 말한다. 피를 토하는 심정으로, 울지 않고는 죽을 것 같은 사람이라 말한다. 무슨 수로도 시인과 두견은 달랠 수 없다고 말한다.

2

사랑은 한두 번만 아니라,
그들은 모르고

– 김소월, 〈꽃 촉불 켜는 밤〉 중에서

임의 노래

김소월

그리운 우리 임의 맑은 노래는
언제나 제 가슴에 젖어 있어요

긴 날을 문밖에서 서서 들어도
그리운 우리 임의 고운 노래는
해지고 저물도록 귀에 들려요
밤들고 잠들도록 귀에 들려요

고이도 흔들리는 노랫가락에
내 잠은 그만이나 깊이 들어요
고적한 잠자리에 홀로 누워도
내 잠은 포스근히 깊이 들어요

그러나 자다 깨면 임의 노래는
하나도 남김없이 잃어버려요
들으면 듣는 대로 임의 노래는
하나도 남김없이 잊고 말아요

상실은 글자 그대로 가진 것을 잃는다는 뜻이다. 이 낱말을 한자로 풀이해 보면 '상(喪)'은 '죽다', '실(失)'은 '잃다'라는 뜻을 가지고 있다. 상실의 전제는 '있음(有)'이다. 그것이 '없음(無)'으로 돌아갈 때 우리는 슬픔을 느낀다. 슬픔은 매우 구체적이고 감각적이다.

우리가 '가지고 있(有)'는 것들에는 무엇이 있을까. '지금' 나를 살게 하는 생명, 발 딛고 서 있는 장소, 사랑하거나 마음이 쓰이는 사람들, 그리고 내가 지금까지 만들거나 쌓은 건강, 지식, 직함들……. 그들 중 어느 하나가 떠나간다면 그게 무엇일 때 납득할 수 있을까. 가장 마지막까지 지닐 수 있는 것은 무엇인가 혹은 누구인가.

시인은 임을 떠나보냈다. 임이 가진 것 중 많은 것들이 닳아 없어졌다. 이제는 얼굴도 희미해지고 그의 숨결과 말씨와 몸짓도 기억에서 차츰 멀어진다. 그러나 청각세포에 오롯이 담겨 있는, 임이 불러주던 노래는 밤낮으로 재생된다. 시인의 마음에 젖어 있기 때문이다.

우리는 무엇에 젖어 사는 걸까. 누구를 적시며 사는가.

젖어 있던 것이 마르기 시작하면 임이라는 대상도 잃어버리고 잊혀져버린다. 하지만 젖었던 자국만은 사라지지 않는다. 상실되지 않는다. 그 자국은 가슴에 남아있기에 누군가 가져갈 수 없기 때문이다. 그 자국은 몸과 함께 끝까지 남는다.

끝없는 강물이 흐르네

김영랑

내 마음의 어딘 듯 한편에 끝없는
강물이 흐르네
돋쳐 오르는 아침 날빛이 빤질한
은결을 돋우네
가슴엔 듯 눈엔 듯 또 핏줄엔 듯
마음이 도른도른 숨어 있는 곳
내 마음의 어딘 듯 한편에 끝없는
강물이 흐르네.

누군가 자신의 마음을 짚어 보라 하면 어떤 사람은 가슴에 두 손을 포개고 어떤 이는 손가락으로 머리를 가리킬 것이다. 어디를 가리키든 간에 사람들은 저마다의 내면에 마음이 있다고 생각한다. 그러나 그 마음을 공간으로 풀어낼 수 있는 이는 얼마나 될까. 영랑은 자신의 마음이 고요하고 넓어서 끝없는 강물이 흐르고 있다 말한다.

시인의 마음 안에 끝도 없이 넓은 들판이 있고, 거기 강 한 줄기가 흐르고 있다. 하늘에는 아침 해가 떠올라 강물의 은빛 물결 하나하나를 세세히 비춘다. 이 풍경에 무언가 놓아 보자. 사람이어도 좋고 나지막한 집이어도 좋고 검둥개라도 좋다. 그것들은 뛰고 있는가. 그들에게는 마음이 있는가.

먼 후일

김소월

먼 훗날 당신이 찾으시면
그때에 내 말이 《잊었노라》

당신이 속으로 나무라면
《무척 그리다가 잊었노라》

그래도 당신이 나무라면
《믿기지 않아서 잊었노라》

오늘도 어제도 아니 잊고
먼 훗날 그때에 《잊었노라》

"먼 훗날"은 특정 지울 수 없는 미래의 어느 한 시점이다. 여기에 소월은 "~면"이라는 가정법을 더해 미래를 더욱 불투명하게 만든다.

당신은 아직 다가오지 않은 시간에서만 잊을 수 있는 존재이다. 그러므로 시인에게 있어 망각은 끝없이 유예되는 무엇이다. 시인은 과거에도 현재에도 당신을 잊지 못 한다. "《잊었노라》"라는 말은 그래서 역설적으로 들린다. 결코 잊을 수 없다는 말을 뒤집어서 하는 것이다. 그는 지금 이 순간 그리워하고 믿을 수 없어 애태우면서도 미래에 당신이 찾아올 상황을 가정한다. 기대한다.

소월의 당신은 헤어진 연인일 수도 잃어버린 조국일 수도 있다. 소월은 "《잊었노라》"라고 단언할 먼 훗날을 소망한다. 그날은 해후의 날일 수도 있고, 해방의 소원을 이룰 날일 수도 있다. 이 시가 슬픔에만 젖지 않는 까닭은 미래에 대한 소원을 놓지 않아서일 것이다. 가슴 벅찬 후일을 기약하기 때문일 것이다.

언덕에 바로 누워

김영랑

언덕에 바로 누워
아슬한 푸른 하늘 뜻없이 바래다가
나는 잊었습네 눈물 도는 노래를
그 하늘 아슬하여 너무도 아슬하여

이 몸이 서러운 줄 언덕이야 아시련만
마음의 가는 웃음 한때라도 없더라냐
아슬한 하늘 아래 귀여운 맘 즐거운 맘
내 눈은 감기었대 감기었대

무연히 바라보는 대상이 설움을 증폭시킬 때가 있다. 영랑은 "잊었습네 눈물 도는 노래"를 기억하며 혹은 부르며 아슬한 하늘이 더욱 아슬해지는 것을 느낀다. 기대고 누운 언덕도 시인의 설움을 이해한다.

그러나 시인은 물아일체의 설움 속에서도 "마음의 가는 웃음"을 떠올린다. 슬픔에 매몰되지 않고 긍정으로 전향한다. 그는 물질을 다루는 사람 같이 마음을 다룬다. 살아간다는 건 한때의 행복을 떠올리며 애상을 극복하는 일의 다른 이름일 지도 모른다.

꽃 촉불 켜는 밤

김소월

꽃 촉불 켜는 밤, 깊은 골방에 만나라.
아직 젊어 모를 몸, 그래도 그들은
《해 달같이 밝은 맘, 저저마다 있노라.》
그러나 사랑은 한두 번만 아니라, 그들은 모르고.

꽃 촉불 켜는 밤, 어스러한 창 아래 만나라.
아직 앞길 모를 몸, 그래도 그들은
《솔대같이 굳은 맘, 저저마다 있노라.》
그러나 세상은, 눈물 날 일 많아라, 그들은 모르고.

사랑에 빠진 젊은이들이 꽃 촛불을 켠다. 그들의 마음은 서로에 대한 진심으로 가득하다. 그러나 시인은 "사랑은 한두 번만 아니"고 "세상은 눈물 날 일 많"다고 말한다.

소월은 불과 14세에 《임꺽정》의 작가 홍명희의 장녀인 홍단실과 결혼하지만, 오산학교 시절 만난 오순을 사랑했다. 이루어지지 못할 사랑이었다. 소월은 어린 나이에 경험한 결혼과 연애를 통해 이 세상이 뜻대로만 되는 게 아니고, 사랑 또한 이별을 전제로 한 감정일 뿐 절대적이지 않다는 사실을 알아차렸을 것이다. 그러한 깨달음은 소월 시에 흐르는 상실감, 그리고 그리움의 정서로 이어졌다. 변하기 쉬운 사람에 대한 불변의 사랑으로 이어졌다.

내 마음을 아실 이

김영랑

내 마음을 아실 이
내 혼자 마음 나 같이 아실 이
그래도 어디나 계실 것이면

내 마음에 때때로 어리는 티끌과
속임 없는 눈물의 간곡한 방울방울
푸른 밤 고이 맺는 이슬 같은 보람을
보배인 듯 감추었다 내어드리지

아! 그립다
내 혼자 마음 나 같이 아실 이
꿈에나 아득히 보이는가

향 맑은 옥돌에 불이 달아
사랑은 타기도 하오련만
불빛에 연기인 듯 희미로운 마음은
사랑도 모르리 내 혼자 마음은

영랑의 시에는 '마음'이라는 시어가 자주 등장한다. 외부 환경보다는 내면의 정서를 중요시하는 시인의 뜻이 이 시어에 담겨 있다. 그런데 마음은 다른 사람이 온전히 알 수 없다는 한계가 있다. 시인은 "내 혼자 마음 나 같이 아실 이"가 있다면 자신이 가진 내면의 가치를 모두 내어주고 싶다고 고백한다. 둘도 없는 절친한 친구에 목말라 하는 건 영랑만이 아닐 것이다.

춘추전국시대의 백아는 거문고 연주를 할 때마다 자신의 마음을 알아주고 음률에 꼭 맞는 해석을 해 주는 종자기를 '지음(知音)'이라 칭했다. 불행히도 종자기가 병에 걸려 세상을 떠나자 백아는 거문고의 현을 모두 끊고 그 뒤로는 연주하지 않았다.

지음(知音)은 기쁨을 나눠도 시기하지 않고 슬픈 일을 당해도 곁에 있어 주는 친구이다. 식민지 시절에 젊은 날을 보낸 영랑은 가슴에 격랑을 품고 살았을 것이다. 때로는 이루지 못한 사랑으로 번민했을 것이다.

시를 읽고 나서도 내내 생각해 본다. 시인의 마음을 알아준 이가 있었다면 그토록 휘몰아치는 격랑과 번민은 사라졌을까 더 깊어졌을까.

개여울

김소월

당신은 무슨 일로
그리합니까
홀로이 개여울에 주저앉아서

파릇한 풀포기가
돋아나오고
잔물은 봄바람에 해적일 때에

가도 아주 가지는
않노라심은
그러한 약속이 있었겠지요

날마다 개여울에
나와 앉아서
하염없이 무엇을 생각합니다

가도 아주 가지는
않노라심은
굳이 잊지 말라는 부탁인지요

개여울은 개천의 흐름 중에서도 물살이 세게 흐르는 곳을 말한다. 이곳에서 시인은 헤어진 임이 돌아오지 않는 이유를 생각한다. 이별을 앞두고 임은 "가도 아주 가지는 / 않노라" 약속했었다. 그러나 현실 속에서 임은 아주 가버린 것만 같다. 시인은 "날마다 개여울에" 와서 생각한다. 그가 바라보는 세찬 물살은 한 번 가면 다시 돌아오지 않는다. 개울물은 결코 돌이키는 법이 없다. 그제서야 시인은 깨닫는다. 임이 한 말은 약속이 아니라 "굳이 잊지 말라는" 부탁이라는 것을.

소월은 이 시를 통해 이별의 아픔과 기다림, 임이 한 말에 대한 깨우침 등을 아름답게 표현한다. 빠르게 흘러가는 여울물은 인연의 덧없음과 세월의 무상함을 보여주는 장치이면서 동시에 임의 뜻을 헤아리는 계기가 된다. 비록 다시 돌아올 수 없게 되었지만 서로 영원히 기억하자는 뜻을.

물 보면 흐르고

김영랑

물 보면 흐르고
별 보면 또렷한
마음이 어이 하면 늙으뇨

한낮에 한숨만
끝없이 떠돌던
시절이 가엾고 멀어라

안쓰러운 눈물에 안겨
흩어진 잎 쌓인 곳에 빗방울 들 듯
느낌은 후줄근히 흘러흘러 가건만

그 밤을 홀로 앉으면
무심코 야윈 볼도 만져보느니
시들고 못 핀 꽃 어서 떨어지거라

견디기 어려운 시절엔 속히 세월이 가서 내 몸이 늙어 버리기를 바라기도 한다. 시인이 바로 그러한 심정이다. 여전히 자연의 조화에 감응하는 마음을 보아서는 쉽게 늙을 것 같지 않다. 그러하기에 "어이 하면 늙으뇨" 탄식한다. "한낮에 한숨만" "끝없이 떠돌던" 시절을 생각하면 안타깝기 그지없다. 시인은 야윈 얼굴을 만지며 "시들고 못 핀 꽃"과 자신을 동일시한다.

영랑의 젊은 시절은 나라 잃은 설움과 개인적 아픔으로 점철돼 있었다. 일례로 3·1운동의 열기가 뜨겁던 휘문의숙 시절 〈독립선언서〉를 숨긴 채 강진으로 가서 거사를 도모하다 붙잡힌 일을 들 수 있다. 옥고를 치렀음은 말할 것도 없다. 누구에게나 힘겨운 시절은 더디 간다. 영랑이 보낸 일제 강점기도 그러했을 것이다.

초혼

김소월

산산이 부서진 이름이여!
허공 중에 헤어진 이름이여!
불러도 주인 없는 이름이여!
부르다가 내가 죽을 이름이여!

심중에 남아 있는 말 한 마디는
끝끝내 마저 하지 못하였구나.
사랑하던 그 사람이여!
사랑하던 그 사람이여!

붉은 해는 서산 마루에 걸리었다.
사슴의 무리도 슬피 운다.
떨어져 나와 앉은 산 위에서
나는 그대의 이름을 부르노라.

설움에 겹도록 부르노라.
설움에 겹도록 부르노라.
부르는 소리는 비껴가지만
하늘과 땅 사이가 너무 넓구나.

선 채로 이 자리에 돌이 되어도
부르다가 내가 죽을 이름이여!
사랑하던 그 사람이여!
사랑하던 그 사람이여!

오산학교에서 만난 연상의 여인 오순은 소월과 헤어진 뒤 19살의 나이로 결혼한다. 소월로서는 그녀가 잘 살기를 바랄 뿐이었다. 그러나 포악한 배우자를 만난 오순은 남편의 폭력과 학대를 견디지 못하고 22살에 세상을 떠나고 만다. 소월은 그녀의 장례식에 다녀온 뒤 비통한 마음으로 〈초혼〉을 썼다.

'초혼'은 죽은 사람의 저고리를 손에 들고 이름을 세 번 부르는 것을 뜻한다. 그런 의식을 통해 망자의 혼이 돌아온다고 믿었다. 소월은 오순이 생전에 입었던 저고리를 구할 수 없었을 것이다. 그래서 더욱 힘껏 외쳤는지도 모른다.

죽어서 흙으로 돌아가고 있는 사람을 부르는 심정은 어떤 것일까. "주인 없는 이름"을 헛되이 부르는 심정은. 소월은 "떨어져 나와 앉은 산 위"에서 막막한 외침을 거듭하다 "내가 죽을" 심정이라고 표현한다. 소월의 외침이 그대로 들려오는 것만 같다.

"사랑하던 그 사람이여! 사랑하던 그 사람이여!"

쓸쓸한 묘 앞에

김영랑

쓸쓸한 묘 앞에 후젓이 앉으면
마음은 가라앉은 양금줄 같이
무덤의 잔디에 얼굴을 부비면
넋은 향 맑은 구슬 손 같이
산골로 가노라 산골로 가노라
무덤이 그리워 산골로 가노라

영랑은 소월이 그랬던 것처럼 14세에 결혼했다. 그러나 4남 2녀를 낳고 아내와도 금실이 좋았던 소월과 달리, 영랑은 1년여 만에 아내와 사별하는 슬픔을 겪는다. 아내가 위독하다는 소식에 서울에서 한달음에 달려왔지만 이미 그녀는 고인이 된 뒤였다.

그는 사별한 아내의 무덤에 자주 찾아왔던 것으로 보인다. 이 시에는 공간적 배경은 보이지만 계절이나 때를 나타내는 시간적 배경은 보이지 않는다. 사랑하는 사람의 묘에 찾아가는 데 시간은 아무 상관이 없어서일까. “쓸쓸한 묘 앞에 후젓이 앉”아 “무덤의 잔디에 얼굴을 부비”는 영랑의 모습이 눈에 그린 듯 선하다.

산

김소월

산새도 오리나무
위에서 운다
산새는 왜 우노, 시메산골
영(嶺) 넘어가려고 그래서 울지.

눈은 내리네, 와서 덮이네.
오늘도 하룻길
칠팔십 리
돌아서서 육십 리는 가기도 했소.

불귀, 불귀, 다시 불귀,
삼수갑산에 다시 불귀.
사나이 속이라 잊으련만,
십오 년 정분을 못 잊겠네

산에는 오는 눈, 들에는 녹는 눈.
산새도 오리나무
위에서 운다.
삼수갑산 가는 길은 고개의 길.

삼수갑산은 함경도에 위치한 삼수 지역과 갑산 지역을 뜻한다. 우리나라의 오지 중 오지로서 옛날에는 죄인들이 귀양을 가던 곳이기도 하다. 삼수갑산으로 가는 영(嶺)은 험준하고도 위험해서 낮에도 넘기 힘든 고갯길이다. 시인은 무슨 이유에선지 한 번 가면 다시 돌아올 수 없는 삼수갑산에 가야 한다.

산새는 시인을 대신해서 우는 객관적 상관물이다. 그것은 겨울철의 가지만 앙상한 오리나무 위에서 울고 있다. 마치 "불귀, 불귀" 소리 내서 우는 것만 같다. "십오 년 정분"을 쌓은 임을 잊어야 한다는 소리처럼 들린다. 하지만 불가능하다. 이제 눈발이 산에 들에 휘감기고 있다. 언 땅을 디디면서 시인은 얼마나 나아갈 수 있을까. 혹은 돌아갈 수 있을까.

한줌 흙

김영랑

본시 평탄했을 마음 아니로다
굳이 톱질하여 산산 찢어놓았다

풍경이 눈을 흘리지 못하고
사랑이 생각을 흐리지 못한다

지쳐 원망도 않고 산다

대체 내 노래는 어디로 갔느냐
가장 기특한 것 이 눈물만

아쉰 마음 끝내 못 빼앗고
주린 마음 끄득 못 배불리고

어피차 몸도 피로워졌다
바삐 관에 못을 다져라

아무려나 한줌 흙이 되는구나

이 세상에 사는 모든 사람은 언젠가 흙으로 돌아간다. 죽음은 만인 앞에 평등하다. 다만 문제가 되는 건 '죽은 것처럼 사는 삶'이다. 이 시에서 시인은 마치 한 줌 흙이 된 것처럼 살아간다고 고백한다. 좋은 풍경을 보아도 감흥이 없고 사랑으로 가슴 벅찰 일도 없다. 원망조차 할 힘이 없다. 그에게선 노래마저 사라졌다.

영랑은 고향 집에 은거하면서 식민지 치하의 울분을 삭혀야만 했다. 기다리는 해방 소식은 요원하고 일제의 감시는 더욱 삼엄해졌다. 살아 있어도 산 것 같지 않은 세월이었다. 그런 가운데 시를 쓰는 일이란 영랑이 할 수 있는 유일한 일이며 마지막까지 붙들 동아줄이었다.

해가 산마루에 저물어도

김소월

해가 산마루에 저물어도
내게 두고는 당신 때문에 저뭅니다.

해가 산마루에 올라와도
내게 두고는 당신 때문에 밝은 아침이라고 할 것입니다.

땅이 꺼져도 하늘이 무너져도
내게 두고는 끝까지 모두 다 당신 때문에 있습니다.

다시는, 나의 이러한 맘뿐은, 때가 되면,
그림자같이 당신한테로 가오리다.

오오, 나의 애인이었던 당신이여.

헤어진 '당신'에 대한 변하지 않는 사랑. 죽는 날까지 지속되는 사랑. 자연의 질서와 섭리마저 '당신'으로 인한 것이라 믿는 사랑.

시인은 아침부터 저녁까지 헤어진 옛사랑을 생각하고 있다. 옛사랑과 연관이 없다면 그 어떤 것이라도 의미가 없다. '당신'은 그렇게 절대적인 존재이다. 그러나 인간은 영원하지 못하고 무소부재할 수도 없어서 헤어진 '당신'을 마음으로만 사랑할 뿐 몸은 함께하지 못한다.

시인은 "그림자같이 당신한테로 가"고자 한다. 그림자는 눈에 잘 띄지 않고 밟혀도 다치지 않는다. 꺾어진 길에서는 자연스럽게 꺾이고, 휘어진 곳에서는 잘 휜다. 불빛이나 태양 같은 광원의 반대편에 존재하며 광원의 밝기에 따라 길이가 정해진다. "그림자같이" 가겠다는 시인의 마음은 그러므로 몸 아닌 다른 형체가 되어서라도 '당신'에 닿고 싶은 열망이다. 불멸의 사랑이다.

마당 앞 맑은 새암을

김영랑

마당 앞
맑은 새암을 들여다본다

저 깊은 땅밑에
사로잡힌 넋 있어
언제나 먼 하늘만
내어다보고 계심 같아

별이 총총한
맑은 새암을 들여다본다

저 깊은 땅속에
편히 누운 넋 있어
이 밤 그 눈 반짝이고
그의 걸음 부르심 같아

마당 앞
맑은 새암은 내 영혼의 얼굴

빈 모니터, 밤 기차의 창문, 알루미늄 풍선 등은 자신의 모습을 들여다보고 싶을 때 좋은 거울이 되어 준다. 그중 알루미늄 풍선처럼 둥글게 부푼 사물은 있는 그대로 비춰주지 않고 왜곡된 이미지를 보여준다. 시인은 "맑은 새암"을 들여다본다. 샘은 시인의 거울이 되어 주지만 시인이 보려는 것은 자신의 겉모습이 아니라 그 너머의 세계이다. 그곳엔 "먼 하늘"을 보며 우주의 섭리를 헤아리는 "넋"이 있다. "편히 누"워서 "겉몸"을 "부르"는 "넋"도 있다.

마지막 연에서 시인은 "맑은 새암은 내 영혼의 얼굴"이라고 말한다. 그렇게 말할 수 있는 사람은 얼마나 축복받은 존재인가. 거울에 비치는 사람들의 모습이 시인처럼 맑기만 하다면 세상은 얼마나 평화로운 공간이 될까. 피곤한 모습, 세파에 찌든 모습, 근심걱정에 사로잡힌 왜곡된 모습을 버리고 맑은 얼굴로 거듭나기 위해 우리는 새로운 거울이 필요한지도 모른다.

가는 길

김소월

그립다
말을 할까
하니 그리워

그냥 갈까
그래도
다시 더 한 번……

저 산에도 까마귀, 들에 까마귀,
서산에는 해 진다고
지저귑니다.

앞 강물, 뒷 강물,
흐르는 물은
어서 따라오라고 따라가자고
흘러도 연달아 흐릅디다려.

다시 돌이킬 수 없는 흘러간 인연을 소월은 종종 강물이나 여울에 빗대곤 한다. 이 시에 나오는 "흐르는 물"도 시인의 안타까운 심사는 아랑곳하지 않고 빠르게 흘러간다. 그런 가운데 떠나지도 머물지도 못 하는 시인은 이별의 순간이 시시각각 다가오고 있음을 절감하게 된다.

사람의 인연은 의지와 무관하다는 것, 사랑하는 마음만으론 안 되는 일들이 있다는 것. 시인은 떠나야만 하는 운명을 쉬이 받아들이지 못한다. 자꾸 뒤돌아본다. 그러나 그를 둘러싼 환경은 어서 가라고 등을 떠밀기만 한다. 운명은 이미 정해진 수순대로 진행되니 그저 따르라는 뜻일까. 시인은 떠날 수도 머물 수도 없는 심정으로 붙박여 있다. 물소리가 그치지 않고 귓전을 때려도. 해가 져서 온통 깜깜해져도.

행군

김영랑

북으로 북으로
울고 간다 기러기

남방 대숲 밑을
뉘 후여 날게 했느뇨

낄르르 낄르
차운 어슨 달밤

언 하늘 스미지 못해
처량한 행군

낄르! 가냘프게 멀다
하늘은 목매인 소리도 낸다

기러기는 우리나라에서 추운 겨울을 보내고 저 멀리 더 추운 북쪽으로 날아가는 철새이다. 그들은 시옷 자처럼도 보이고 '사람 인(人)'자처럼도 보이는 행렬을 짓는다. 기러기는 다른 개체를 배려할 줄 아는 조류다. 예컨대 선두에 선 기러기는 바람을 뚫고 날아가느라 힘을 많이 쓰기 때문에 서로 선두자리를 교체해 가며 날아간다. 또 앞에서 나는 기러기는 날갯짓으로 상승기류를 만들어서 뒤에 따라오는 기러기를 편안하게 날도록 해 준다.

이렇듯 서로 의지하며 날아가는 기러기도 슬픈 울음소리는 숨길 수 없다. "하늘"마저 "목매인 소리"를 내어 그들의 슬픔에 동참한다. 사람 사는 세상에서도 겉도는 위로보다는 그저 함께 슬퍼하는 편이 나을 때가 있다.

님과 벗

김소월

벗은 설움에서 반갑고
임은 사랑에서 좋아라.
딸기 꽃 피어서 향기로운 때를
고추의 붉은 열매 익어가는 밤을
그대여, 부르라, 나는 마시리.

'임'은 보통 사랑하는 사람을 뜻하지만, '하느님' '어머님'처럼 대상을 높여 부르는 의존명사이기도 하다. '벗'은 친구를 의미하지만 구름이나 서책, 화초 등 가까이 대하는 모든 것을 뜻하기도 한다. 소월이 생각하는 '벗'은 서럽고 슬픈 일을 함께할 수 있는 대상이다. '임'은 좋은 자리와 좋은 음식, 좋은 일을 나누는 사람이다.

님을 만나도 벗을 만나도 공통적으로 할 수 있는 것은 술을 "마시"는 일이다. 계절과 낮밤을 가리지 않고 노래 "부르"고 기분 좋게 취하는 일이다. 소월은 술을 사랑하기도 했고, 지나치게 탐닉하기도 했다. 그 밑바탕에는 '임을 잃은 설움'과 '설움을 함께 나눌 벗 없음'이 자리잡고 있었다.

북

김영랑

자네 소리하게 내 북을 치제

진양조 중머리 중중머리
엇머리 잦아지다 휘몰아보아

이렇게 숨결이 꼭 맞아서만 이룬 일이란
인생에 흔치 않아 어려운 일 시원한 일

소리를 떠나서야 북은 오직 가죽일뿐
헛때리면 만갑이도 숨을 고쳐쉴 밖에

장단을 친다는 말이 모자라오
연창(演唱)을 살리는 반주쯤은 지나고
북은 오히려 컨닥타요

떠받는 명고(名鼓)인듸 잔가락을 온통 잊으오
떡떡궁! 동중정(動中靜)이 소란 속에 고요 있어
인생이 가을 같이 익어가오

자네 소리하세 내 북을 치제.

'자네'는 판소리를 구성지게 할 줄 아는 영랑의 가까운 벗으로 보인다. 음악 애호가였던 영랑은 한때 도쿄음악학교에서 성악을 공부하고자 했다. 아버지의 반대에 막혀 꿈을 이루지는 못했지만 음악회를 찾아다니는 것은 물론 집에서도 늘 음악과 함께하며 못 이룬 꿈을 달랬다.

강진 집에 당대의 명창들을 초대해 소리를 청한 것은 말할 것도 없다. 그 자신도 소리를 잘했던 영랑은 명창들을 위해 직접 북을 잡고 장단을 맞췄다. 이 시에서 그는 북에 대해 "장단을 친다는 말이 모자"랄 정도의 악기라고 말한다. 컨닥터, 즉 지휘자로서 손색없을 정도다.

영랑은 음악을 붙들고 식민 조국의 현실을 견뎌냈다. 뜰에 모란을 키우고 노래 부르던 그의 모습이 꿈인 듯 아련하다.

생과 사

김소월

살았대나 죽었대나 같은 말을 가지고
사람은 살아서 늙어서야 죽나니,
그러하면 그 역시 그럴 듯도 한 일을,
하필이면 내 몸이라 그 무엇이 어째서
오늘도 산마루에 올라서서 우느냐.

인류가 종교를 갖고 선행을 하려 힘쓰고 숱한 예술 작품을 남긴 것은 삶의 유한성 때문이다. 삶과 죽음은 동전의 앞뒷면과 같아서 어느 하나만 존재하지 않는다. 이 시에서 "살았대나 죽었대나 같은 말"이라고 한 것은 그러한 깨달음에서일 것이다.

삶과 죽음은 누구에게나 공평하다. 그러나 개개인은 하필 자신만 늙어가고 죽어간다고 여기며 고뇌한다. 죽음을 초월한 삶, 아니 죽음만큼의 가치를 가진 삶은 살아내기가 어렵고도 어렵다.

시인은 나고 늙고 죽는 것에 연연해하지 말자고 말한다. 울지 말자고 한다. 삶과 죽음은 "같은 말"이기 때문이다.

어느 날 어느 때고

김영랑

어느 날 어느 때고
잘 가기 위하여
평안히 가기 위하여

몸이 비록
아프고 지칠지라도
마음 평안히
가기 위하여

일만 정성
모두어 보리.

덧없이 봄은 살같이 떠나고
중년은 하 외로워도
이 허무에선 떠나야 될 것을

살이 삭삭
여미고 썰릴지라도
마음 평안히
가기 위하여

아! 이것
평생을 닦는 좁은 길.

시인은 죽음을 두려워하지 않으며 죽음을 준비하는 자세로 살아간다. 생명이 끊기는 것을 무서워한다면 그 공포 속에서 살 수밖에 없다. 염세주의나 허무주의의 늪에 빠지게도 된다. 삶은 죽음에 의해, 죽음은 삶에 의해 온전해진다. 그러므로 죽음을 준비하지 않는 사람은 삶의 가치를 온전히 경험할 수 없다.

죽음에 대한 인식은 인생의 새벽이라 할 수 있는 유소년기에 형성된다고 한다. 가까운 사람이나 사물은 평생 주위에 있는 것이 아니라 언젠가는 이별해야 하는 존재라는 것을 어렴풋이 느끼면서부터 죽음에 대한 인식이 시작된다.

"어느 날 어느 때고" 평안히 갈 수 있는 사람은 축복받은 인생이다. 사람은 그렇게 떠난다는 사실을 알기에 값진 인생을 살려고 노력하는 지도 모른다.

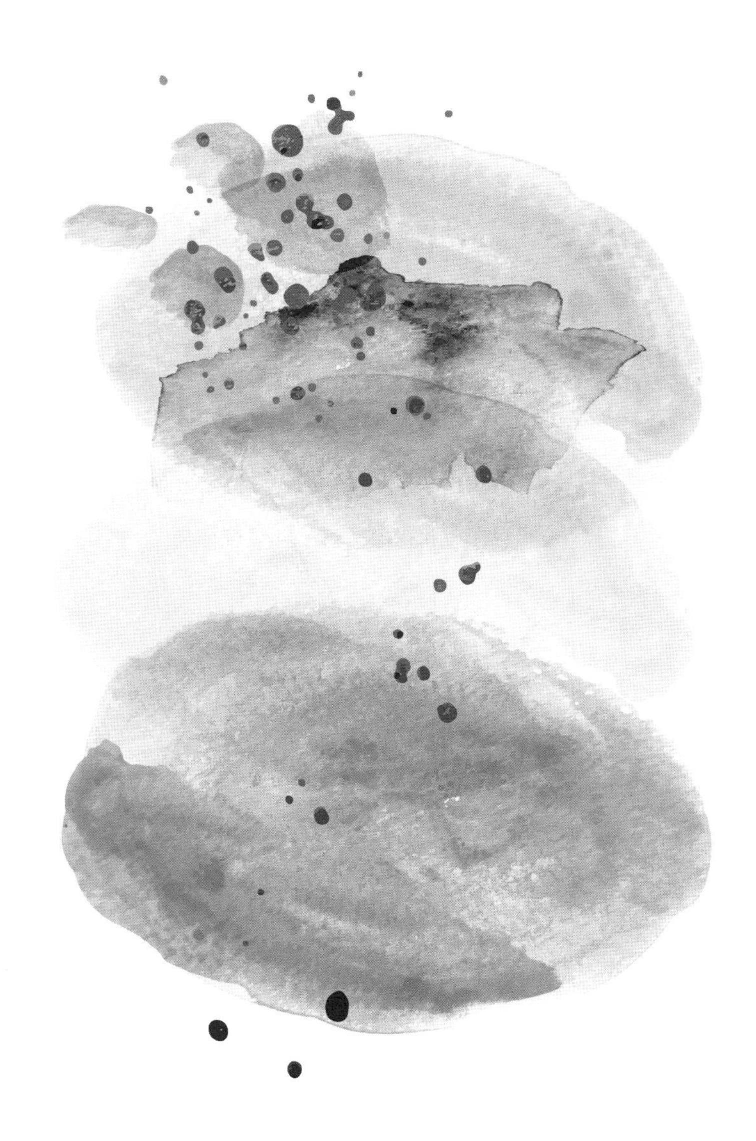

부부

김소월

오오 아내여, 나의 사랑!
하늘이 묶어준 짝이라고
믿고 삶이 마땅치 아니한가.
아직 다시 그러랴, 안 그러랴?
이상하고 별난 사람의 맘,
저 몰라라, 참인지, 거짓인지?
정분으로 얽은 딴 두 몸이라면.
서로 어긋나는 점인들 또 있으랴.
한평생이라도 반 백년
못 사는 이 인생에!
연분의 긴 실이 그 무엇이랴?
나는 말하려노라, 아무러나,
죽어서도 한곳에 묻히더라.

부부라는 인연은 기이하다. 전혀 모르는 남남으로 태어나서 어느 순간 만나 자식을 낳고 평생 의지하며 살아간다. 배우자의 집안은 나의, 나의 집안은 배우자의 일가친척이 된다.

소월과 아내는 금실 좋은 부부였다고 한다. 말년에는 두 사람이 술을 대작하며 흉금을 털어놓을 정도였다. 물론 갈등마저 없지는 않았을 것이다.

소월은 아내가 자신의 마음을 믿어주지 않을 때마다 가슴이 아프고, 아내는 남편이 미덥지 못해 애태웠을 것이다. 그때마다 소월은 말했을 것이다, 부부란 하늘이 낸 연분임을 기억하며 살자고. 한날한시에 죽지는 못해도 한 곳에 묻히자고…….

사개틀닌 고풍의 툇마루에

김영랑

사개 비틀린 고풍의 툇마루에 없는 듯이 앉아
아직 떠오를 기척도 없는 달을 기다린다
아무런 생각 없이
아무런 뜻 없이

이제 저 감나무 그림자가
사뿐 한 치씩 옮아오고
이 마루 위에 빛깔의 방석이
보시시 깔리우면

나는 내 하나인 외론 벗
가냘픈 내 그림자와
말없이 몸짓 없이 서로 맞대고 있으려니
이 밤 옮기는 발짓이나 들려오리라

이 시에서 시인이 앉아 있는 자리는 오래된 가옥의 툇마루이다. 그는 "없는 듯이 앉"아 "아직 떠오를 기척도 없는 달"을 기다리고 있다. 무엇을 생각하거나 다짐할 마음도 없이 무연히 바라보는 풍경. 그 풍경은 쓸쓸하기 이를 데 없다. 시인은 점차 땅거미가 지고 그의 그림자도 길어지면 그림자와 함께 "말없이 몸짓 없이 서로 맞대고 있"고 싶다고 말한다.

영랑은 광복 후 서울로 이사를 갈 때까지 강진의 고택에 머물러 살았다. 때로는 돌담 위의 햇살을 보기도 하고, 높은 가지에 얽힌 연실을 보기도 하고 사랑하는 사람을 그리워하는 시를 쓰기도 했지만 그 모든 것으로도 고독은 채울 수 없었다. 고독은 그림자처럼 늘 그에게 따라붙었다.

이 시에서 영랑은 고독하지만 담담한 모습을 보여준다. 그의 심정은 나락으로까지 떨어지지는 않는다. 영랑이 담담할 수 있었던 것은 새로운 세상이 반드시 오고야 만다는 희망과 시에 대한 열정 때문이었을 것이다.

그러나 사람들은 대개 고독을 감당하지 못한다. 인간은 개별적인 존재다. 그러나 한편으론 사회적 동물이기도 하다. 사회 속에서 갖는 개별자로서의 의식은 종종 외로움으로, 나아가 허무와 절망으로까지 이어진다. 뭔가에 중독되거나 충동적으로 행동하기도 한다. 고독하되 담담하게 살기. 그것은 인생을 살아가는 모든 사람의 숙제인 지도 모른다.

기분전환

김소월

땀, 땀 여름 볕에 땀 흘리며
호미 들고 밭고랑 타고 있어도,
어디선지 종달새 울어만 온다,
헌출한 하늘이 보입니다요, 보입니다요.

사랑, 사랑, 사랑에, 어스름을 맞은 임
오나 오나 하면서, 젊은 밤을 한솟이 조바심 할 때
밟고 섰는 다리 아래 흐르는 강물!
강물에 새벽빛이 어립니다요, 어립니다요.

소월의 시가 모두 이별의 정한을 노래하는 것은 아니다. 이 시에서는 밭일하는 사람들이 종달새 소리에 귀 기울이고 드높은 하늘을 우러르는 모습을 잘 그려내고 있다. 사랑하는 사람을 기다리는 임이 새벽빛 어리는 강물을 바라보며 기분 전환하는 모습도 묘사한다.

우리의 일상은 고되고 사랑은 마음대로 되지 않는다. 소월은 그러한 환경에 지지 않고 적극적으로 기분을 환기시키는 사람들의 모습을 보여준다. 그것이 인생이라고 말해 준다.

강물

김영랑

잠자리 설워서 일어났소
꿈이 고웁지 못해 눈을 떴소

베개에 차단히 눈물은 젖었는데
흐르다 못해 한방울 애끈히 고이였소

꿈에 본 강물이라 몹시 보고 싶었소
무럭무럭 김오르며 내리는 강물

언덕을 혼자서 거니노라니
물오리 갈매기도 끼륵끼륵

강물은 철 철 흘러가면서
아심찮이 그 꿈도 떠싣고 갔소

꿈이 아닌 생시 가진 설움도
자꾸 강물은 떠싣고 갔소

시인의 상황은 안팎으로 슬픈 상태다. 거친 꿈에서 물러나 현실로 돌아오면 눈물로 차갑게 젖은 베개가 있을 뿐이다. 하지만 영랑은 그런 상황과 기분에 무기력하게 묶여만 있지 않는다. 꿈에 강물이 나온 것을 기억하고 "무럭무럭 김오르며 내리는" 강 언덕에 오른다. 물오리와 갈매기도 날아다니는 것으로 보아 아주 큰 강의 하구이다. 그곳에서 "고웁지 못"한 꿈과 "생시 가진 설움"이 강물에 떠내려가는 것을 본다.

온갖 슬픔과 설움이 강물에 실려 가는 것을 보며 영랑은 무슨 생각을 했을까. 여의치 않은 현실이 나아지기를 바랐을까. 중요한 것은 그가 눈물 젖은 베개를 벗어나 큰 강으로 나아갔다는 점이다. 슬픔을 벗으려는 의지를 가졌다는 점이다.

나의 집

김소월

들 가에 떨어져 나가 앉은 산기슭의
넓은 바다의 물가 뒤에,
나는 지으리, 나의 집을,
다시금 큰길을 앞에다 두고.
길로 지나가는 그 사람들은
제가끔 떨어져서 혼자 가는 길.
하이얀 여울 턱에 날은 저물 때.
나는 문간에 서서 기다리리
새벽 새가 울며 지새는 그늘로
세상은 희게, 또는 고요하게,
번쩍이며 오는 아침부터,
지나가는 길손을 눈여겨보며,
그대인가고, 그대인가고.

이른 아침부터 시인은 자신이 지은 집 문간에 선 채 "그대"를 기다린다. 그의 집은 거처하는 곳이라기보다는 "그대"를 이끌고 함께 들어갈 어떤 공간에 가깝다. 시인에게 시간은 그다지 중요하지 않은 것처럼 보인다. 사람을 알아볼 만큼의 빛만 있어도 언제까지나 기다릴 것이기 때문이다.

지나가는 사람 중 내가 찾는 이가 있다면 얼마나 좋을까. "그대"가 반드시 사람일 필요는 없으리라. 신, 예술, 철학, 그 무엇이어도 좋다. "그대"를 찾으려는 마음이 있다면, 그를 알아볼 안목이 있다면.

집

김영랑

내 집 아니라
늬 집이라
나르다 얼른 돌아오라
처마 난간이
늬 들 가여운 소색임을 지음(知音)터라

내 집 아니라
늬 집이라
아배 간 뒤 머난 날
아들 손자 잠도 깨우리
문틈 사이 늬는 몇 대째 설워 우느뇨

내 집 아니라
늬 집이라
은행잎이 나른갑드니
좁은 마루구석에 품인 듯 안겨들다
태고로 맑은 바람이 거기 살았니라

오! 내 집이라
열 해요 스무 해를
앉았다 누웠달 뿐
문밖에 바쁜 손이
길 잘못 들어 날 찾아오고

손때 살내음도 절었을 난간이
흔히 나를 앓고 먼 산 판다
한두 쪽 흰구름이 사라지는데
한두엇 저지른 옛일이
파아란 하늘 마냥 아슬하다

영랑에게 집이라는 공간은 '너'에게 내어줄 수 있는 곳이다. 10년 20년을 "앉았다 누웠"던 공간, 길을 잘못 든 손님이 문득 찾아오는 곳. 그에게 집은 그런 공간이다. 한편 '너'에게는 집의 의미가 사뭇 다르다. 처마 난간마저 마음을 알아주고 품을 열어 주는 어떤 존재다.

"몇 대째" 울고 있는 '너'는 누구일까. "아배", "아들", "손자"로 대를 이어가는 식민 치하의 민족이 아닐까. 영랑은 '너'에게 자신의 오래된 고택을 내어줄 수 있다고 말한다. 은행잎 떨어지고 맑은 바람이 불어오는 곳, 그곳으로 얼른 오라고 손짓한다. 편히 지내라고 한다. 고택은 낯선 사람도 기꺼이 품어주고 안아줄 수 있다. 품 넓은 사람도 그러하다.

풀 따기

김소월

우리 집 뒷산에는 풀이 푸르고
숲 사이의 시냇물 모래바닥은
파아란 풀 그림자 떠서 흘러요.

그리운 우리 임은 어디 계신고.
날마다 피어나는 우리 임 생각.
날마다 뒷산에 홀로 앉아서
날마다 풀을 따서 물에 던져요.

흘러가는 시내의 물에 흘러서
내어 던진 풀잎은 엷게 떠갈 제
물살이 해적해적 품을 헤쳐요.

그리운 우리 임은 어디 계신고.
가엾은 이내 속을 둘 곳 없어서
날마다 풀을 따서 물에 던지고
흘러가는 잎이나 맘해 보아요.

하염없는 마음처럼 물이 흘러간다. “모래바닥”에 “파아란 풀 그림자”가 어리비칠 정도로 물은 맑다. 이 시의 화자에게 “뒷산” “시냇물”은 떠난 “우리 임”을 그리워하기 위한 자리이다.

프랑스의 철학자 미셸 푸코는 유토피아와 대비되는 장소로 ‘헤테로토피아’를 제시했다. 헤테로토피아는 일상적인 공간 바깥에 존재하는 자리이다. 마당에 설치한 텐트, 수십 년 묵은 물건들로 가득한 다락방, 공원 깊숙이 있는 흔들그네 의자, 뒷산 등은 쉼을 얻을 수 있는 훌륭한 헤테로토피아다.

시인은 뒷산 시냇가에 앉아 행방을 알 길 없는 옛 연인을 생각한다. 지금과는 달리 소식을 전할 수단도 한달음에 달려올 교통수단도 없던 옛날, 할 수 있는 일이라고는 풀을 한 줌 따 물에 띄우는 것뿐이다. 그렇게 시인의 시냇가는 이별로 인한 긴장을 조금이라도 해소할 수 있는 자리가 된다.

사람 사는 세상이 유토피아일 수는 없겠지만 각자 헤테로토피아를 가진다면 최소한 디스토피아는 면할 수 있을 것이다. 우리의 헤테로토피아는 어디일까. 그곳은 얼마만큼 가까이 있을까.

오월 아침

김영랑

비 개인 오월 아침
혼란스런 꾀꼬리 소리
–찬엄한 햇살 퍼져 오릅니다.

이슬비 새벽을 적시울 즈음
두견의 가슴 찢는 소리 피어린 흐느낌
한 그릇 옛날 향훈이 어찌
이 맘 홍건하게 안 젖었으리오만은

이 아침 새 빛에 하늘대는 어린 속잎들
저리 부드러웁고
그 보금자리에 찌찌찌 소리 내는 잘새의
발목은 포실거리어
접힌 마음 구긴 생각 이제 다 어루만져졌나 보오.

꾀꼬리는 다시 창공을 흔드오
자랑찬 새 하늘 사치스레 만드오

몰핀 냄새도 잊어버렸대서야
불혹이 자랑이 되지 않소.
아침 꾀꼬리에 안 불리는 혼이야
새벽 두견이 못 잡는 마음이야
한낮이 정익하단들 또 무얼 하오

저 꾀꼬리 무던히 소년인가보오
새벽 두견이야 오-랜 중년이고
내사 불혹을 자랑튼 사람

마흔은 불혹의 나이라고 한다. 세상일에 미혹되지 않고 사리분별력을 갖춘 나이가 된다는 것은 자랑스러운 일이다. 시인은 그러나 새 잎이 돋아나는 오월의 아침에 "아침 꾀꼬리에 안 불리는 혼"과 "새벽 두견이 못 잡는 마음"은 자랑이 아니라는 것을 깨닫는다. 소년과 같은 꾀꼬리 소리에 마음을 빼앗기고 중년의 나이를 먹은 것 같은 두견 소리에 미혹되기도 할 줄 알아야 제대로 삶을 사는 것이라 생각한다.

영랑은 마음에 대한 시를 많이 썼다. 아무 데도 미혹되지 않는 것이 아니라 새싹과 꾀꼬리와 두견에 마음을 실어 보는 일이 얼마나 귀중한지 이야기한다. 미혹되고 매혹되는 것, 그것은 어쩌면 시를 사랑하는 사람의 마음일 것이다.

자나 깨나 앉으나 서나

김소월

자나 깨나 앉으나 서나
그림자 같은 벗 하나 내게 있었습니다.

그러나 우리는 얼마나 많은 세월을
쓸데없는 괴로움으로만 보내었겠습니까!

오늘은 또다시, 당신의 가슴 속, 속 모를 곳을
울면서 나는 휘저어 버리고 떠납니다그려.

허수한 맘, 둘 곳 없는 심사에 쓰라린 가슴은
그것이 사랑, 사랑이던 줄이 아니도 잊힙니다.

한창 겪고 있을 때는 몰랐다가 그것이 다 지나가 뒤돌아보았을 때에야 알게 되는 것들이 있다. 그때가 청춘이고 한창때였음을 몰랐다든지 바빠서 고된 줄을 몰랐다든지 하는. 사랑도 그런 것이 아닐까. 시인은 “자나 깨나 앉으나 서나”, 즉 모든 시공간을 함께하던 벗을 그리워하고 있다.

추측건대 그 벗은 소월의 첫사랑 오순이었을 것이다. 봄이 되면 지천으로 피어나는 꽃들을 보며, 그것들이 속절없이 지면 함께 서러워하며, 산으로 들로 어울려 다니던 첫사랑. 이루어지지 못하는 사랑이었기에 두 사람은 괴로워하며 세월을 보냈을 것이다.

시인은 연인과 헤어진 일을 과거가 아닌 현재로 인식한다. 그래서 “오늘은 또다시” 벗의 마음을 아프게 하며 떠나가는 것이다. 이제 그는 “자나 깨나 앉으나 서나” 옛사랑을 생각한다. “사랑이던”이라는 표현을 보면 벗과의 사랑이 과거형임을 알 수 있다. 이 사랑은 마음 아프다. 사랑이 과거임에 반해 이별은 현재 반복되는 사건이기에.

사행소곡(四行小曲)—10

김영랑

님 두시고 가는 길의 애끈한 마음이여
한숨 쉬면 꺼질 듯한 조매로운 꿈길이여
이 밤은 캄캄한 어느 뉘 시골인가
이슬같이 고인 눈물을 손끝으로 깨치나니

어떤 이유에서인지 모르지만 시인은 님을 두고 떠나야 한다. 그 길은 애가 끊어지는 듯한 안타까움의 현장이다. 꿈길도 조마조마해서 "한숨 쉬면 꺼질 듯"하다. 3행에서 "이 밤은 캄캄한 어느 뉘 시골인가"라고 독백하는 시인은 이별의 상황에 대해 이해할 수 없는 심경을 나타낸다. 동시에 꿈에서 깨어나 현실을 인식하려는 모습을 보여준다. "이슬같이 고인 눈물을 손끝으로 깨치"는 행위는 현실로 돌아오는 모습의 구체적인 행위다.

영랑은 갓 결혼한 신부를 고향에 두고 학업을 위해 상경했다. 아내가 세상을 떠난 뒤 그는 고향인 강진에서 학생들을 가르치던 여성과 교제하지만 결혼까지 이어지지는 못했다. 천재적인 무용가인 최승희와도 열렬한 사랑에 빠졌지만 집안의 반대로 결실을 맺을 수 없었다. 이렇듯 그의 젊은 시절은 이별로 점철돼 있었다. 거듭된 헤어짐을 시로 승화시킨 영랑은 우리가 사랑하는 시인이 되었다.

3

화요히 나려비추는 별빛들이

– 김소월, 〈묵념〉 중에서

차안서선생삼수갑산운(次岸曙先生三水甲山韻)

김소월

삼수갑산 내 왜 왔노 삽수갑산 이 어디뇨
오고 나니 기험타 아아 물도 많고 산첩첩이라 아하하

내 고향을 도로 가자 내 고향을 못 가네
삼수갑산 멀더라 아아 촉도지란이 예로구나 아하하

삼수갑산 이 어디뇨 내가 오고 내 못 가네
불귀로다 내 고향아 새더라면 떠가리라 아하하

임 계신 곳 내 고향을 내 못 가네 왜 못 가네
오다 가다 야속타 아아 삼수갑산이 날 가두었네 아하하

내 고향을 가고지고 오호 삼수갑산 날 가두었네
불귀로다 내 몸이야 아아 삼수갑산 못 벗어난다 아하하

안서(岸曙) 선생 김억은 소월과 동향인 평북 정주 출신이다. 두 사람은 오산학교에서 스승과 제자로 만나 각별한 관계를 이어나갔다. 김억은 소월에게 시를 가르쳤을 뿐 아니라 〈창조〉, 〈학생계〉, 〈개벽〉 등에 발표하도록 지면을 마련해 주었다. 1925년에는 자비 출판으로 소월의 하나뿐인 시집 《진달래꽃》을 출간했고, 소월이 젊은 나이로 세상을 떠나자 유고 시집 《소월시초(素月詩抄)》를 출간하기도 했다.

'삼수갑산을 가더라도 할 말은 한다'라는 속담이 있다. 이처럼 '삼수갑산'은 아주 절박한 상황에 처했다는 뜻을 가지고 있다. 이 시에서 시인은 험하고도 험한 곳에서 고향을 그리워한다. 그러나 새처럼 날개를 가지지 않은 이상 산첩첩물첩첩인 그곳을 벗어날 길이 없다.

말년에 소월은 가장으로서 책임을 다하고자 했으나 불운하게도 가난에서 벗어나지 못했다. 그는 험하고도 험한 길, "촉도지란"을 걸을 수밖에 없었다. "임 계신 곳 내 고향"인 예전의 따스한 삶으로 돌아갈 수 없었다.

천리(千里)를 올라온다

김영랑

천리를 올라온다
또 천리를 올라들 온다
나귀 얼렁소리 닿는 말굽소리
청운의 큰 뜻은 모여들다 모여들다.

남산북악 갈래갈래 뻗은 골짜기
엷은 안개 그 밑에 묵은 이끼와 푸른 송백
낭랑히 울려나는 청의동자(靑衣童子)의 글 외는 소리
나라가 덩그러히 이룩해지다.

인경종이 울어 팔문(八門)이 굳게 닫히어도
난신외구(亂臣外寇)더러 성(城)을 넘고 불을 놓다.
퇴락한 금석전각(金石殿閣) 이젠 차라리 겨레의 향그런 재화(才華)로다
찬란한 파고다여 우리 그대 앞에 진정 고개 숙인다

철마가 터지던 날 노들 무쇠다리
신기한 먼 나라를 사뿐 옮겨다 놓았다.
서울! 이 나라의 화사한 아침저자러라
겨레의 새봄바람에 어리둥절 실행(失行)한 숫처녀들 없었을거냐.

남산에 올라 북한관악을 두루 바라다보아도
정녕코 산(山) 정기로 태어난 우리들이라.
우뚝 솟은 묏부리마다 고물고물 골짜기마다
내 모습 내 마음 두견이 울고 두견이 피고.

높은 재 얕은 골 흔들리는 실마리길.
그윽하고 너그럽고 잔잔하고 싼듯하지.
백마 호통소리 나는 날이면
황금 꾀꼬리 희비교향(喜悲交響)을 아뢰니라.

마침내 나라가 해방을 맞이하고 "청운의 큰 뜻"들이 천리 밖에서부터 서울로 서울로 몰려들고 있다. 서울은 남산과 북악산 골짜기 아래로 푸른 옷을 입은 동자가 글을 외는 희망의 도시다. 영랑도 해방의 감격에 온몸을 맡기며 기쁨을 만끽하고 있다. 새 나라의 건설을 꿈꾸며 "백마의 호통소리"와 같이 우리 민족이 기상을 펼칠 날을 기대하고 있다.

해방의 그날 마을 사람들과 태극기를 들고 목청껏 만세를 외쳤던 영랑은 이후 제헌국회의원 선거에 나서는 등 정치에 대한 의욕을 보였다. 비록 당선되지는 못 했지만 이후 서울로 상경해서 공보처에서 출판국장으로 일하기도 했다. 그는 누구보다도 겨레의 번영을 꿈꾸고 그것을 실현시키기 위해 노력한 사람이었다.

밭고랑 위에서

김소월

우리 두 사람은
키 높이 가득 자란 보리밭, 밭고랑 위에 앉았어라.
일을 필하고 쉬는 동안의 기쁨이여.
지금 두 사람의 이야기에는 꽃이 필 때.

오오 빛나는 태양은 내리쪼이며
새 무리들도 즐거운 노래, 노래 불러라.
오오 은혜여, 살아 있는 몸에는 넘치는 은혜여,
모든 은근스러움이 우리의 맘속을 차지하여라.

세계의 끝은 어디? 자애의 하늘은 넓게도 덮였는데,
우리 두 사람은 일하며, 살아 있어서,
하늘과 태양을 바라보아라, 날마다 날마다도,
새라새로운 환희를 지어내며, 늘 같은 땅 위에서.

다시 한 번 활기있게 웃고 나서, 우리 두 사람은
바람에 일리우는 보리밭 속으로
호미 들고 들어갔어라, 가지런히 가지런히,
걸어 나아가는 기쁨이여, 오오 생명의 향상이여.

노동과 일은 비슷한 말이면서도 어감이나 개념이 서로 다르다. 노동이 생계를 꾸리기 위해 행하는 활동이라면 일은 무언가를 이루려고 행하는 활동에 가깝다. 일이 비교적 자율적인 반면 노동은 대체로 타율에 의해 행하게 된다.

지금 두 사람은 일을 마치고 쉬는 중이다. 피곤에 절어 아무것에도 흥미를 느낄 수 없는 상태가 아니라 자연의 약동함을 온몸으로 받아들이며 환희에 젖어 있다. 그래서 다시 "호미 들고" 일하러 가는 길도 기쁘다. 그들의 일함과 삶으로 인해 그들 자신뿐 아니라 주위 자연환경과 보리가 "생명의 향상"을 누린다.

어느 날 나는 가을 햇볕 아래서 묵은 마늘을 까며 소일하는 노인을 보았다. 말끔하게 까기 힘든 마늘을 용케도 하얗게 하얗게 까고 계셨다. 인간에게 일은 어떤 의미일까. 뭔가를 이루려고 하는 활동은 왜 지치지 않고 수행할 수 있을까. 소월은 "생명의 향상" 덕분이라고 말한다. '자아실현'이란 말이 알려지지 않던 시절에 시인은 그 말의 뜻을 가장 잘 보여주는 시를 썼다.

겨레의 새해

김영랑

해는 저물 적마다 그가 저지른 모든 일을 잊음의 큰 바다로 흘려보내지만
우리는 새해를 오직 보람으로 다시 맞이한다
멀리 사천이백팔십일 년
흰 뫼에 흰눈이 쌓인 그대로
겨레는 한글같이 늘고 커지도다
일어나고 없어지고 온갖 살림은
구태여 캐내어 따질 것 없이
긴긴 반만년 통틀어 오롯했다
사십 년 치욕은 한바탕 험한 꿈
사 년 쓰린 생각 아직도 눈물이 돼
이 아침 이 가슴 정말 빠근하거니
나라가 처음 만방평화(萬邦平和)의 큰 기둥 되고
백성이 인류 위해 큰일을 맡음이라.
긴 반만년 합쳐서 한 해로다.
새해 처음 맞는 겨레의 새해
미진한 대업 이루리라 거칠 것 없이 닫는 새해
이 첫날 겨레는 손 맞잡고 노래한다.

단기 "사천이백팔십일 년"은 서기로는 1948년이다. 영랑은 이 시를 조국 재건에의 희망이 넘쳐나던 시절이던 1949년에 발표했다. 비록 사상에 따라 좌우가 분열되고 동족끼리 총부리를 겨누는 암담함도 있었지만 시인은 애써 희망을 보려 했다. "사십 년 치욕"과 "사 년 쓰린 생각"을 떨쳐버리고 "새해를 오직 보람으로 다시 맞이"하자는 말에는 이토록 치열한 고뇌가 들어있는 것이다.

이제 신성한 "흰 뫼"에 하얗게 눈이 쌓인다. "겨레는 한글같이 늘고 커지"며 "긴 반만년 합쳐서 한 해"가 된다. 이에 영랑은 모두 벅찬 가슴으로 새로운 희망만을 바라보며 나아가자고 한다. 겨레의 대동단결을 촉구한다.

무덤

김소월

그 누가 나를 헤어내는 부르는 소리
붉그스름한 언덕, 여기저기
돌무더기도 움직이며, 달빛에,
소리만 남은 노래 서리어 엉겨라,
옛 조상들의 기록을 묻어둔 그곳!
나는 두루 찾노라, 그곳에서,
형적 없는 노래 흘러 퍼져,
그림자 가득한 언덕으로 여기 저기,
그 누군가 나를 헤어내는 부르는 소리
부르는 소리, 부르는 소리,
내 넋을 잡아끌어 헤어내는 부르는 소리.

귀신은 자신이 데려가고 싶은 사람에게 와서 이름을 부른다고 예전 사람들은 믿었다. 그래서 누군가 이름을 세 번 부를 때까지는 대답하지 말라는 금기가 있었다. 산 사람이 초혼의식을 통해 죽은 사람을 부르는 경우도 있었다. 이승과 저승의 경계가 엄밀하지만 사랑하는 이와의 사별을 인정한다는 것은 얼마나 어려운 일인가. 아무리 만나고 싶어도 한 번 세상을 떠난 사람의 육체는 살아 있던 때로 돌아오지 않는다. 넋은 넋을 만날 수 있을 뿐이다.

누군가 자꾸 부른다. 넋을 잡아 끈다. 시인은 그에게 홀리고 만다. 이리저리 부르는 소리를 따라 헤매고 다닌다. 어떤 간절한 영혼이 시인을 부르는 것일까. 무덤의 주인이 생전에 시인과 어떤 관계였는지는 알 수 없다. 그러나 한 번이라도 사랑을 해 본 사람이라면 누구의 것인지 모를 소리에 홀리는 시인을 이해할 수 있을 것이다.

강선대(降仙臺) 돌바늘 끝에

김영랑

강선대 돌바늘 끝에
하잖은 인간 하나
그는 벌–써
불타오르는 호수에 뛰어내려서
제 몸 살랐더라면 좋았을 인간

이제 몇 해뇨
그 황홀 만나도 이 몸 선뜻 못 내던지고
그 찬란 보고도 노래는 영영 못 부른 채
젖어드는 물결과 싸우다 넘기고
시달린 마음이라 더러 눈물 맺었네

강선대 돌바늘 끝에 벌써
불살랐어야 좋았을 인간

커다란 나무 그늘 아래에서 잠들고 싶을 때가 있다. 잎사귀들이 바람을 만나 일렁이고 그 사이사이 약한 빛이 새어 들어오는 장면을 바라보고 싶을 때가 있다. 아니, 그보다는 "시달린 마음"을 내려놓고 싶을 때가 있다. 그냥 쉬고 싶을 때가 있다. 그럴 때 더러는 "눈물 맺"기도 할 것이다.

그러나 절경으로 유명한 강선대에 가서도 잠들고 싶은 마음이 들까. 강선대는 선녀가 내려와 목욕을 한다는 곳이니 그 절경이 얼마나 "황홀"하고 "찬란"할까. 이 시에서 시인은 잠드는 것을 넘어 죽음에 대해 말하고 있다. "인간"이란 하찮기 때문이다. "인간"에 비하면 강선대는 그곳의 돌바늘 조차 장엄하기 이를 데 없다. 그러나 "인간"은 "시달린 마음" 때문에 강선대의 절경에 온전히 합일되지 못하고 감격을 표현하지도 못한다. 이런 정서적 무딤이 벌써 "몇 해"째 지속되는지 모른다.

세파에 시달려 지친 마음은 강선대의 절경에 비하면 얼마나 사소한가. 돌바늘 끝보다 작고도 작을 것이다. 그럼에도 선뜻 내려놓을 수 없는 것이 마음이다. 때로 그것은 강선대의 절경을 잊게 할 정도로 거대하다.

맘에 있는 말이라고 다 할까 보냐

김소월

하소연하며 한숨을 지으며
세상을 괴로워하는 사람들이여!
말을 나쁘지 않도록 좋이 꾸밈은
닳아진 이 세상의 버릇이라고, 오오 그대들!
맘에 있는 말이라고 다 할까 보냐.
두세 번 생각하라, 위선 그것이
저부터 밑지고 들어가는 장사일진댄.
사는 법이 근심은 못 가른다고,
남의 설움을 남은 몰라라.
말마라, 세상, 세상 사람은
세상에 좋은 이름 좋은 말로써
한 사람을 속옷마저 벗긴 뒤에는
그를 네 길거리에 세워놓아라, 장승도 마치 한 가지.
이 무슨 일이냐, 그날로부터,
세상 사람들은 제가끔 제 비위의 헐한 값으로
그의 몸값을 매기자고 덤벼들어라.
오오 그러면, 그대들은 이후에라도
하늘을 우러러라, 그저 혼자, 섧거나 괴롭거나.

누구에게도 할 수 없는 "맘에 있는 말"에는 어떤 것들이 있을까. 혼자만 알아야 하는 비밀, 누군가에게 충격을 줄 수 있는 말, 남에 대한 비난 등이 있을 것이다. 시인은 강한 어조로 "세상 사람들"을 향해 일갈한다. 사람들은 "말을 나쁘지 않도록 좋이 꾸밈"을 "닳아진 이 세상의 버릇"이라 여기고 무시한다. 그런 태도는 남의 말 못할 "설움"을 알지 못하고 알려고도 하지 않은 채 "한 사람을 속옷마저 벗긴 뒤" 공개적으로 비난하는 일에 죄책감을 느끼지 못하게 만든다.

마음에 있는 말을 다 하는 것이 솔직함이나 정직함일 수만은 없다. 말이란 상대의 가슴에 꽂히는 칼 같을 때가 많다.

물리적 폭력보다 언어적 폭력에 노출되기 쉬운 환경이다. 남을 아무렇지 않게 평가하는 일을 소월은 경계하고 있다. 소월도 "맘에 있"지만 할 수 없는 말 때문에 괴로운 적이 많았을 것이다. 많은 경우 시로 승화되었지만 살아가면서 느끼는 울분과 슬픔, 통한이 얼마나 깊었을까. 그가 이 시를 통해 던지는 화두가 슬픈 이유이다.

독(毒)을 차고

김영랑

내 가슴에 독을 찬지 오래로다
아직 아무도 해한 일 없는 새로 뽑은 독
벗은 그 무서운 독 그만 흩어버리라 한다
나는 그 독이 벗도 선뜻 해할지 모른다 위협하고

독 안 차고 살아도 머지않아 너 나 마주 가버리면
누억천만 세대가 그 뒤로 잠자코 흘러가고
나중에 땅덩이 모지라져 모래알이 될 것임을
〈허무한듸!〉 독은 차서 무엇 하느냐고?

아! 내 세상에 태어났음을 원망 않고 보낸
어느 하루가 있었던가, 〈허무한듸!〉 허나
앞뒤로 덤비는 이리 승냥이 바야흐로 내 마음을 노리매
내 산 채 짐승의 밥이 되어 찢기우고 할퀴우라 내맡긴
신세임을

나는 독을 품고 선선히 가리라,
마감날 내 깨끗한 마음 건지기 위하여.

사라짐과 허무함에 대해 "벗"은 나름의 철학을 가지고 있는 것으로 보인다. 허무주의(니힐리즘)의 어원은 라틴어 니힐(nihil)로서 '없음', '無'를 뜻한다. "벗"은 인생에 대단한 의미는 없으니 무심한 태도로 살아가는 게 낫다고 조언한다. 이에 대해 시인은 세상이 허무하다는 것에 일부 동의는 하지만 깨끗하게 살아가려는 의지가 계속 공격당하는 게 현실이므로 죽는 날 떳떳하기 위해서는 "독을 품"을 수밖에 없다고 말한다.

"이리"와 "승냥이"는 다른 동물을 사냥할 때 무리 지어 다니는 특징을 가지고 있다. 영랑이 살던 시대의 "이리"와 "승냥이"는 말할 것 없이 탄압을 일삼는 일본인과 그 앞잡이들이다. 시인은 이들이 노리는 것이 "내 마음"이라고 말한다. 육체가 위협당하고 물질을 빼앗기는 일보다 마음을 강탈당하는 것을 경계한다.

시인은 마음의 심지를 굳게 다지는 일을 "독을 찬"다고 표현한다. 독이 있는 생물은 천적도 건드리지 못한다. 마음을 강탈당하지 않기 위해 영랑은 얼마나 애를 쓰며 살았을까, 해방이 되리라고 예지하지 못하는 어두운 상황 속에서.

제이 · 엠 · 에쓰

김소월

평양서 나신 인격의 그 당신님 제이 · 엠 · 에쓰
덕 없는 나를 미워하시고
재주 있던 나를 사랑하셨다
오산 계시던 제이 · 엠 · 에쓰
10년 봄 만에 오늘 아침 생각난다

근년 처음 꿈 없이 자고 일어나며
얽은 얼굴에 자그만 키와 여윈 몸매는
달은 쇠끝 같은 지조가 튀어날 듯
타듯 하는 눈동자만이 유난히 빛나셨다,
민족을 위하여는 더도 모르시는 열정의 그 임.

소박한 풍채, 인자하신 옛날의 그 모양대로,
그러나 아— 술과 계집과 이욕에 헝클어져
15년에 허주한 나를
웬 일로 그 당신님
맘속으로 찾으시오? 오늘 아침
아름답다, 큰 사랑은 죽는 법 없어,
기억되어 항상 내 가슴속에 숨어 있어,
미쳐 거치르는 내 양심을 잠재우리,
내가 괴로운 이 세상 떠날 때까지.

JMS는 민족의 지도자 조만식 선생의 이니셜이다. 소월은 오산학교 시절 그곳 교장으로 있던 조만식 선생을 만나 사상적으로 영향을 받게 된다. 이 시를 쓸 무렵 소월의 삶은 괴롭고 신산했던 것으로 보인다. 그 힘듦을 떠안고 가장으로서 산다는 것. 식민지 시대의 시인으로서 살아간다는 것. 그런 일들은 상상 이상의 번뇌와 설움을 안겼다.

조만식 선생을 기억하며 소월은 그가 "미쳐 거치르는 내 양심을 잠재우리"라고 기대한다. 그러나 사상적 스승을 마음에 각인하는 것만으로는 삶의 무게가 무거웠던지 얼마 후 소월은 서른두 해의 짧은 생을 마감하고 만다. 우리 민족은 위대한 시인을 잃게 된다.

새벽의 처형장

김영랑

새벽의 처형장에는 서리찬 마(魔)의 숨길이 휙휙 살을 애웁니다
탕탕 탕탕탕 퍽퍽 쓰러집니다
모두가 씩씩한 맑은 눈을 가진 젊은이들 낳기 전에 임을 빼앗긴 태극기를 도로 찾아 삼년을 휘두르며 바른 길을 앞서 걷던 젊은이들
탕탕탕 탕탕 자꾸 쓰러집니다
연유 모를 떼죽음 원통한 떼죽음
마지막 숨이 다 질 때에도 못 잊는 것은
하현 찬달 아래 종고산 머리 나르는 태극기
오…… 망해 가는 조국의 모습
눈이 차마 감겨졌을까요
보아요 저 흘러내리는 싸늘한 피의 줄기를
피를 흠뻑 마신 그 해가 일곱 번 다시 뜨도록
비린내는 죽음의 거리를 휩쓸고 숨다 졌나니
처형이 잠시 쉬는 그 새벽마다
피를 씻는 물차(車) 눈물을 퍼부어도 퍼부어도
보아요 저 흘러내리는 생혈의 싸늘한 핏줄기를.

1948년, 전라남도 여수에 주둔하던 군인들이 제주 4·3사건 진압을 거부하며 들고 일어나는 일이 일어난다. 군인들은 남북통일과 친일파 척결을 주장하며 여수와 순천 지역을 중심으로 항쟁을 벌였다. 이른바 여수·순천 사건이었다. 이승만 정부는 항명하는 군인들만이 아니라 민간인까지 무차별 공격하고 목숨을 빼앗았다. 잠시 정치에 몸을 담갔던 영랑은 여순 사건을 현지 시찰한 뒤 비분강개한 마음으로 이 시를 썼다.

영랑은 "처형이 잠시 쉬는 그 새벽"에 대해 말한다. 바꿔 말하면 새벽을 제외하고는 매순간 처형이 이뤄졌다는 것이다. 처형된 이들은 "바른길을 앞서 걷던 젊은이들"이었고, 죽어야 할 아무런 이유가 없는 사람들이었다. 그러나 해방정국의 총검은 무자비했다. 어제의 동지가 오늘의 적이 되는 기막힌 일들이 꼬리를 물었다.

이 시의 생생한 묘사는 영랑과 나란히 서서 새벽의 처형장을 시찰한 듯한 기시감을 준다. 참혹한 역사적 현장 앞에서 초기 시에서 보여주던 율격이나 음악성은 더 이상 존재할 수 없었다. 그는 피로 새기듯 한 글자 한 글자 써 나갔다.

천리만리

김소월

말리지 못할 만치 몸부림하며
마치 천리만리나 가고도 싶은
맘이라고나 하여 볼까.
한 줄기 쏜살같이 뻗은 이 길로
줄곧 치달아 올라가면
불붙는 산의, 불붙는 산의
연기는 한두 줄기 피어올라라.

시인은 무슨 일로 "말리지 못할 만치 몸부림"치고 있을까. 이 시에서 주어지는 정황만 봐서는 알 수 없다. 무언가로부터 도망가고 싶은 마음일 수도, 사랑하는 사람을 보고픈 마음일 수도, 붉게 물든 산이 좋아서 질주하고픈 마음일 수도 있다. 우리가 알 수 있는 점은 그 "몸부림"이 살아 있는 마음의 표현이라는 것이다.

누군가를 혹은 무언가를 향해 몸부림친 적이 있었는지 뒤돌아본다. 여태 살아왔어도 그런 일은 별로 일어나지 않았던 것 같다. 살아 있어도 살아 있는 마음을 갖지 못했던 것 같다. "한 줄기 쏜살같이 뻗은 이 길로" "줄곧 치달아 올라가"지 못하는 마음은 시들거나 죽어가는 마음과 같다.

마음을 뒤덮고 있는 억센 비늘을 긁어내야겠다.

바다로 가자

김영랑

바다로 가자 큰 바다로 가자
우리는 이제 큰 하늘과 넓은 바다를 마음대로 가졌노라
하늘이 바다요 바다가 하늘이라
바다 하늘 모두 다 가졌노라
옳다 그리하여 가슴이 뻐근치야
우리 모두 다 가자꾸나 큰 바다로 가자꾸나
우리는 바다 없이 살았지야 숨 막히고 살았지야
그리하여 조여들고 울고불고 하였지야
바다 없는 항구 속에 사로잡힌 몸은
살이 터져나고 뼈 튀겨나고 넋이 흩어지고
하마터면 아주 거꾸러져 버릴 것을
오! 바다가 터지도다 큰 바다가 터지도다
쪽배 타면 제주야 가고 오고
독목선(獨木船) 왜(倭)섬이야 갔다 왔지
허나 그게 바달러냐
건너뛰는 실개천이라
우리 삼년 걸려도 큰 배를 짓자꾸나
큰 바다 넓은 하늘을 우리는 가졌노라
우리 큰 배 타고 떠나 가자꾸나
창랑을 헤치고 태풍을 걷어차고
하늘과 맞이은 저 수평선 두드리라

큰 호통 하고 떠나 가자꾸나
바다 없는 항구에 사로잡힌 마음들아
툭 털고 일어서자 바다가 네 집이라
우리들 사슬 벗은 넋이로다 풀려 놓인 겨레로다
가슴엔 잔뜩 별을 안으려마
손에 잡히는 엄마별 애기별
머리 위엔 끄득 보배를 이고 오렴
발 아래 쫙 짤린 산호요 진주라
바다로 가자 우리 큰 바다로 가자

"바다 없이 살"았던 "우리"는 말할 것도 없이 나라 잃은 겨레를 뜻한다. 일제 치하는 "숨 막히"고 "조여들"고, "사로잡"힌 세월이었다. 그러나 이제 조국은 해방되었다. 영토뿐 아니라 영해와 영공을 회복했다. 시인은 "큰 배를 타고 떠나 가자"고 한다. 드넓은 이상을 가지고 "큰 호통"하자고 말한다. 별이 총총 뜨고 보석이 깔린 바다. 그 수평선을 두드려보자고 제안한다.

영랑은 나라 없는 세월을 지내면서도 창씨개명이나 신사참배를 하지 않았다. 강진의 고택에서 수백 그루의 모란을 키우며 울분을 삼킬 뿐이었다. 새 나라에 대한 그의 열망은 "바다로 가자" 문장 하나에 다 들어있다. 영랑은 큰뜻을 가지고 나아갈 생각에 부풀어 있었다. 실제로 광복 이후 대한청년단 강진 지부장을 맡기도 하고 국회의원에 출마하기도 했다. 그는 언어를 조탁한 순수서정시인일뿐 아니라 암흑기의 대표적인 참여 시인이었던 것이다.

불운에 우는 그대여

김소월

불운에 우는 그대여, 나는 아노라
무엇이 그대의 불운을 지었는지도,
부는 바람에 날려,
밀물에 흘러,
굳어진 그대의 가슴 속도.
모두 지나간 나의 일이면.
다시금 또 다시금
적황의 포말은 북고여라, 그대의 가슴 속의
암청의 이끼여, 거치른 바위
치는 물가의.

불운은 인간의 의지와 관계없이 찾아든다. 그것은 죄업으로 인해 발생하는 것이 아니다. 행운이 인간의 선업과 무관하게 찾아오듯 불운도 그러하다. 시인은 그러나 "무엇이 그대의 불운을 지었는지", 그대를 울게 만드는 배경이 무엇인지 안다고 말한다. '나'도 그대와 같은 시공간에 있기 때문이다. 시인은 불운한 그대와 자신을 떼어내서 생각하지 않는다. 오히려 "굳어진 그대의 가슴 속"도 "모두 지나간 나의 일"이길 바란다.

그대의 삶은 다시금 붉고 노란 포말로 일렁인다. 가슴 속에는 "암청의 이끼"가 가득 끼어 있다. 그대와 나는 다른 사람이다. 그대는 나와 무관하게 또다시 불운에 놓이고 만다. '산유화'가 "저만치 혼자서 피어 있"는 것처럼, '나'는 어쩌면 둘 사이의 간격에 우는 것일지도 모른다.

연2

김영랑

종평나무 높은 가지 끝에 얽힌 다 해진 흰 실낱을 남은 몰라도

보름 전에 산을 넘어 멀리 가버린 내 연의 한 알 남긴 설움의 첫씨 태어난 뒤 처음 높이 띄운 보람 맛본 보람

안 끊어졌으면 그럴 수 없지

찬바람 쐬며 콧물 흘리며 그 겨우내 그 실날 치어다보러 다녔으리.

내 인생이란 그때부터 벌써 시든 상 싶어

철든 어른을 뽐내다가도 그 흰 실낱 같은 병의 실마리

마음 어느 한구석에 도사리고 있어 얼씬거리면

아이고! 모르지

불다 자는 바람

타다 꺼진 불똥

아! 인생도 겨레도 다 멀어지는구나.

높이 떠서 가슴을 뿌듯하게 했던 연은 보름 전에 멀리 날아가 버렸다. 시인은 그 연이 어디로 가버렸는지 알 수 없다. 다만 "좀평나무 높은 가지 끝에 얽힌 다 해진 흰 실낱"이 연의 끊어진 줄이라는 것은 알아본다. 그것은 남은 모르는 비밀이다.

연을 높이 띄우는 것은 보람 있는 일이었다. 그러나 시인이 올려다볼 수 있는 하늘 공간에 연은 더 이상 펄럭거리지 않는다. 날지도 않고 보이지도 않는다. 소망을 잃은 시인은 그것이 "내 연의 한 알 남긴 설움의 첫씨"라고 고백한다. 이제 무슨 일을 해도 풀이 꺾이고 기운이 나지 않는다. 얼레를 손에 든 채 연 줄을 당겼다 풀었다 하며 연을 띄우던 소년은 더 이상 존재하지 않는다. 연은 소년이고 소년은 연이었기 때문이다.

묵념

김소월

이슥한 밤, 밤기운 서늘할 제
홀로 창턱에 걸터앉아, 두 다리 느리우고,
첫머구리 소리를 들어라.
애처롭게도, 그대는 먼저 혼자서 잠드누나.

내 몸은 생각에 잠잠할 때. 희미한 수풀로서
촌가의 액막이 제 지나는 불빛은 새어오며,
이윽고, 비난수도 머구 소리와 함께 잦아져라.
가득히 차오는 내 심령은…… 하늘과 땅 사이에.

나는 무심히 일어 걸어 그대의 잠든 몸 위에 기대어라
움직임 다시없이, 만뢰는 구적한데,
화요히 나려비추는 별빛들이
내 몸을 이끌어라, 무한히 더 가깝게.

어둡고 서늘한 밤이다. 시인이 "생각에 잠잠할 때" 마을 한 쪽에선 재앙이나 전염병을 막기 위해 지내는 "액막이 제"가 치러지고 귀신에게 비는 소리인 "비난수"가 들려온다. 그리고 "내 심령은" "하늘과 땅 사이"에 "가득히 차오"른다. 이윽고 모든 소리와 움직임이 그친 고요한 밤, '나'는 "그대의 잠든 몸 위에 기대"어 '그대'와 하나가 된다.

죽음마저도 산 자와 죽은 자를 갈라놓지 못할 때가 있다. 죽은 사람을 잊지 못하는 산 자의 마음이 죽음보다 크기 때문이다. 이제 시인은 묵념한다. 묵념은 "별빛들"에 몸이 이끌리는 우주적 경험이다.

묘비명

김영랑

생전에 이다지 외로운 사람
어이해 뫼 아래 비(碑)돌 세우오
초조론 길손의 한숨이라도
헤어진 고총에 자주 떠오리
날마다 외롭다 가고 말 사람
그래도 뫼 아래 비(碑)돌 세우리
〈외롭건 내 곁에 쉬시다 가라〉
한 되는 한 마디 새기실런가

'그대 위에 흙이 가볍기를(sit tibi terra levis)'. 이것은 고대 로마 이래 오랜 세월 묘비명에 새겨져 왔던 문구다. 유서와 마찬가지로 생전에 작성하는 묘비명은 사람을 숙연하게 만드는 힘이 있다. 자신의 죽음을 대면하지 않고서는 쓸 수 없는 글이기 때문이다.

암흑기에 젊은 시절을 보냈던 영랑은 인간의 고독과 죽음을 누구보다 깊이 이해한 시인이다. 그러한 그가 자신의 묘비에 새기고 싶었던 문장은 "〈외롭건 내 곁에 쉬시다 가라〉"이다. 외로운 시인의 따뜻한 마음이 느껴져 이 시에 오래 머물다 간다.

바라건대는 우리에게 우리의 보습 대일 땅이 있었더면

김소월

나는 꿈꾸었노라, 동무들과 내가 가지런히
벌 가의 하루 일을 다 마치고
석양에 마을로 돌아오는 꿈을,
즐거이, 꿈 가운데.

그러나 집 잃은 내 몸이여,
바라건대는 우리에게 우리의 보습 대일 땅이 있었더면!
이처럼 떠돌으랴, 아침에 저물녘에
새라새로운 탄식을 얻으면서.

동이랴, 남북이랴,
내 몸은 떠가나니, 볼지어다,
희망의 반짝임은, 별빛이 아른거림은.
물결뿐 떠올라라, 가슴에 팔다리에.

그러나 어쩌면 황송한 이 심정을! 날로 나날이 내 앞에는
자칫 가느란 길이 이어가라. 나는 나아가리라
한 걸음, 또 한 걸음. 보이는 산비탈엔
온 새벽 동무들 저저혼자…… 산경을 김 매이는.

문명이 태동하기 이전부터 땅은 삶의 터전이자 생활의 기반이었다. 수렵과 사냥을 목축으로, 채집을 농경으로 바꾼 1만 년 전의 신석기 혁명은 떠돌던 사람들을 정착하게 만들었고 땅을 기반으로 번성하게 했다. 그러므로 땅을 빼앗긴다는 것은 가족과 후손의 근거지를 잃는다는 의미, 기본적인 삶의 조건조차 수탈당한다는 의미이다.

일제 강점기에 땅을 빼앗긴 우리 민족은 숱하게 배척을 당하며 유랑해야 했다. 밤낮으로 "새라새로운 탄식을 얻으면서" 다음에 갈 곳을 향해 또다시 떠날 수밖에 없었다.

시인은 그러나 탄식과 절망에 머물지 않는다. 동무들과 노동하며 생활할 수 있는 새로운 터전에의 꿈을 가진다. 그 꿈을 이루기 위해 "가느란 길"을 따라가듯 애써 "나아가"겠다는 의지를 보인다. 이처럼 소월은 유랑하는 민족의 처절한 현실을 바라보는 데 그치지 않았다. 이 시를 통해 현실을 극복하려는 의지를 강하고 섬세하게 표현했다.

거문고

김영랑

검은 벽에 기대선 채로
해가 스무 번 바뀌었는듸
내 기린은 영영 울지를 못한다

그 가슴을 통 흔들고 간 노인의 손
지금 어느 끝없는 향연에 높이 앉았으려니
땅 위의 외론 기린이야 하마 잊어졌을나

바깥은 거친 들 이리떼만 몰려다니고
사람인양 꾸민 잔나비떼들 쏘다니어
내 기린은 맘둘 곳 몸둘 곳 없어지다

문 아주 굳이 닫고 벽에 기대선 채
해가 또 한 번 바뀌거늘
이 밤도 내 기린은 맘놓고 울들 못한다.

이 시에서 시인은 "검은 벽에 기대선 채로" 세월을 보낸다. 달리 무엇을 할 수가 없는 절망의 시간들이다. 그는 마음껏 거문고를 탄주할 수 없다. 완장을 차고 이리저리 날뛰는 "이리 떼"나 우리 민족을 위하는 양 위선을 부리는 "잔나비 떼"의 귀에 들어갈까 저어하기 때문이다.

영랑은 일제 치하에서도 우리말로만 시를 쓰면서 울분을 승화시켰다. 끝까지 일제의 잔꾀에 넘어가지 않았다. 암흑의 시대에 그가 겪었을 회유와 억압과 협박은 상상하기가 그리 어렵지 않다. 해방이 된다는 보장도 약속도 없이 식민치하를 살아냈던 "기린"은 영랑의 곧은 정신을 상징한다.

열락

김소월

어둡게 깊게 목메인 하늘.
꿈의 품속으로서 굴러 나오는
애달피 잠 안 오는 유령의 눈결.
그림자 검은 개버드나무에
쏟아져 나리는 비의 줄기는
흐느껴 빗기는 주문의 소리.

시커먼 머리채 풀어헤치고
아우성하면서 가시는 따님.
헐벗은 벌레들은 꿈틀거릴 때,
흑혈의 바다. 고목동굴.
탁목조의
쪼아리는 소리, 쪼아리는 소리.

시인은 "유령"이 나오는 꿈을 꾸다 깨어 더는 잠을 이룰 수 없다. 밖에는 "개버드나무"의 휘늘어진 가지가 빗물에 젖어 더욱 어두운 색으로 물든다. 게다가 이렇게 괴괴한 날 누군가 귀신을 쫓아내는지 주문 외우는 소리가 들려온다. "따님"은 "시커먼 머리채 풀어헤치고" 간다. 조용히 갈 수 없는 사연이 있는지 "아우성하"며 떠나간다. "흐느껴 빗기는 주문의 소리", "아우성", "(딱따구리의) 쪼아리는 소리" 등 청각적 심상은 시의 분위기를 고조시킨다.

이 시와 〈진달래꽃〉은 1922년에 발표되었다. 비교적 초기작에 해당하는 이 시는 작품 전반에 무속적 이미지가 짙게 배어 있다. 소월은 오산학교 등의 교육기관에서 서구의 정신과 문물을 접했지만 고향에 대대로 내려오는 샤머니즘적 전통을 도외시하지 않았다. 오히려 그것을 끌어와 시를 풍성하게 만들었다. 소월의 시가 오랫동안 사랑받는 이유는 우리 민족의 정서를 우리답게 표현했기 때문일 것이다.

아파 누워 혼자 비노라

김영랑

아파 누워 혼자 비노라
이대로 가진 못하느냐

비는 마음 그래도 거짓 있나
살잔 욕심 찾아도 보나
새삼스레 있을 리 없다
힘없고 느릿한 핏줄 하나

오! 그저 이슬같이
예사 고요히 지려무나
저기 은행잎은 떠나른다

죽을 것 같은 고통 속에서 이토록 초연한 자세를 가질 수 있을까? "그저 이슬같이" 세상을 떠난다 해도 후회나 비감이 없다. 사람의 목숨도 떨어지는 "은행잎"과 다르지 않다. 아등바등 어떻게든 살아보려 하는 억척은 찾아볼 수 없다.

영랑은 영국의 낭만주의 시인 존 키츠를 사랑했다. 키츠는 다음과 같은 묘비명을 유언으로 남기고 25세의 젊은 나이에 요절했다.

'여기, 이름을 물 위에 새긴 사람이 잠들다'.

바다가 변하여 뽕나무밭 된다고

김소월

걷잡지 못할 만한 나의 이 설움,
저무는 봄 저녁에 져 가는 꽃잎,
져 가는 꽃잎들은 나부끼어라.
예로부터 일러오며 하는 말에도
바다가 변하여 뽕나무밭 된다고
그러하다, 아름다운 청춘 때의
있다던 온갖 것은 눈에 설고
다시금 낯모르게 되나니,
보아라, 그대여, 서럽지 않은가,
봄에도 삼월의 져 가는 날에
붉은 피 같이도 쏟아져 내리는
저기 저 꽃잎들을, 저기 저 꽃잎들을.

항상 변하지 않는 것이 있을까. 불교에서 말하는, 모든 것은 변한다는 뜻의 '제행무상(諸行無常)'은 특정 시대나 문화권, 혹은 특정인에게 국한된 것이 아니다. 모든 것들은 끊임없이 변화하고 한 가지 모습으로만 머무르지 않는다.

시인의 "걷잡지 못할 만한" 설움은 제행무상의 세계에 살기에 떠나는 것들을 붙잡지 못하는 자의 설움이다. 서러울 수밖에 없는 설움이며 해결될 수 없는 슬픔이다. 시인은 "저무는 봄 저녁에" 지는 꽃잎을 통해 세상의 변화가 극심함을 체감한다.

'창상지변(滄桑之變)'은 푸른 바다가 변하여 뽕나무밭이 된다는 뜻이다. 반면 잘 알려진 사자성어 '상전벽해(桑田碧海)'는 뽕나무밭이 변하여 푸른 바다가 된다는 뜻이다. 격변의 시대에 살았던 소월은 시대만큼이나 인생의 부침도 심하게 겪었다. 경제적으로 빈곤해지고 일본 경찰로부터 늘 감시를 당해 자유를 빼앗겼다. 인생의 무상함을 온몸으로 겪었을 그의 삶이어서 이 시는 더욱 아련하다.

눈물에 실려 가면

김영랑

눈물에 실려 가면 산길로 칠십 리
돌아보니 찬바람 무덤에 몰리네
서울이 천리로다 멀기도 하련만
눈물에 실려 가면 한 걸음 한 걸음

뱃장 위에 부은 발 쉬일까보다
달빛으로 눈물을 말릴까보다
고요한 바다 위로 노래가 떠간다
설움도 부끄러워 노래가 노래가

우리는 승객이 되어 자동차나 비행기, 배에 몸을 싣고 먼 거리를 이동할 수 있다. 몸을 싣는다는 것은 탈것에 전적으로 의지한다는 뜻이며, 탈것은 승객에 비해 몸집이 크다는 전제가 필요하다. 지금 시인은 눈물의 승객이 되어 눈물에 실려 간다. 그만큼 눈물은 화자에게 있어 거대한 의지처이다. 그는 칠십 리 산길을 눈물에 실려 무덤가에 도착한다. 거기서 서울로 가야만 하기에 돌아서서 한 걸음 한 걸음 걷는 일도 눈물에 실려 가는 일이다.

2연에서는 배경이 바뀌어 시인은 바다에 떠 있는 배에 몸을 싣고 있다. 비로소 자신을 돌아볼 여유가 생긴 그는 자신을 싣고 왔던 눈물을 말리고 싶다는 생각을 한다. 먼 곳으로 떠나는 일은 "설움도 부끄러워"질만큼 아득한 일이기 때문일 것이다.

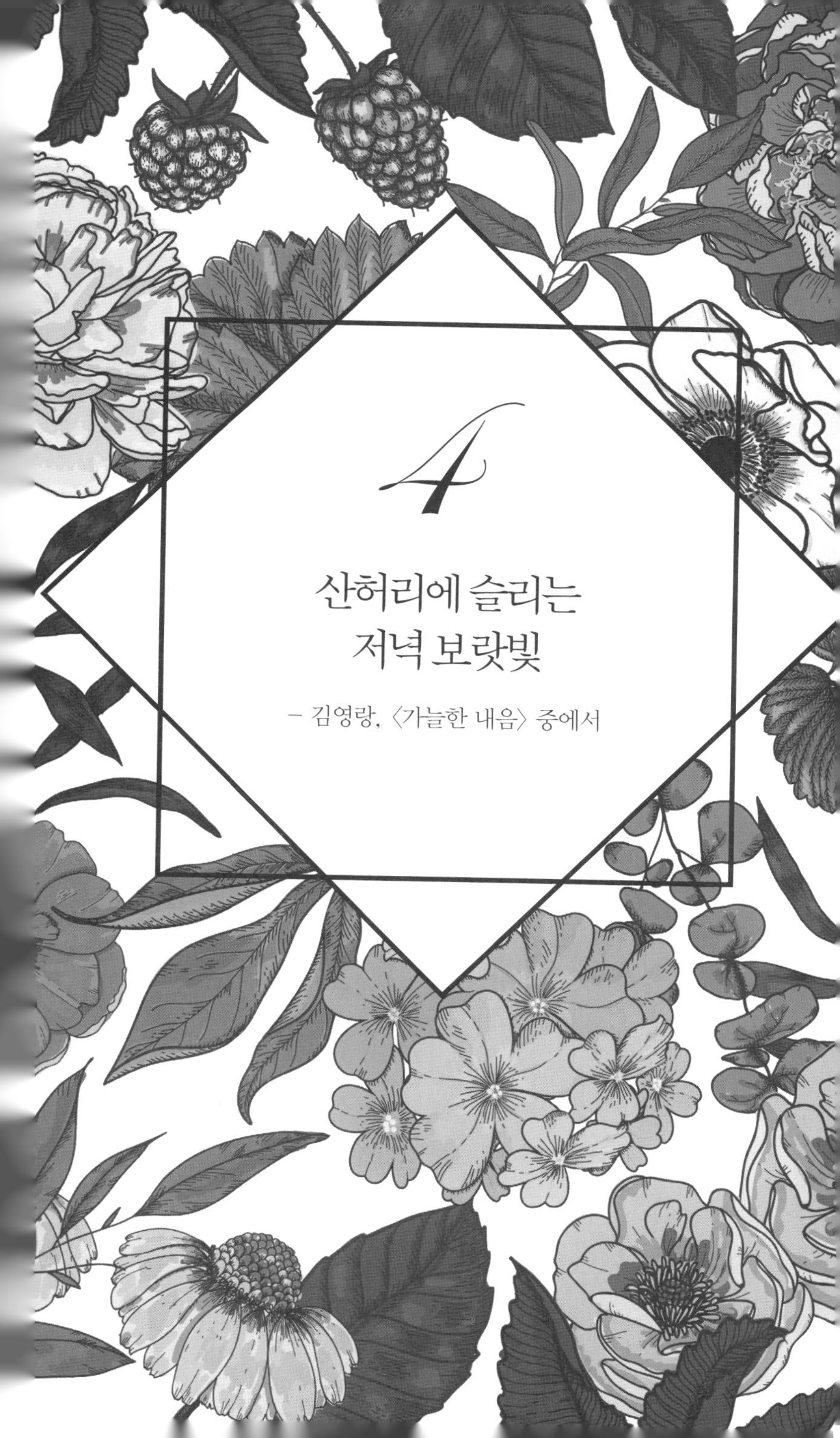

4

산허리에 슬리는 저녁 보랏빛

– 김영랑, 〈가늘한 내음〉 중에서

제비

김소월

오늘 아침 먼 동 틀 때
강남의 더운 나라로
제비가 울고불며 떠났습니다.

잘 가라는 듯이
살살 부는 새벽의
바람이 불 때에 떠났습니다.

어미를 이별하고
떠난 고향의
하늘을 바라보던 제비이지요.

길가에서 떠도는 몸이길래,
살살 부는 새벽의
바람이 부는데도 떠났습니다.

하루 중 가장 춥고 어두울 때는 먼동이 틀 무렵이다. 제법 차가운 바람도 불어온다. 봄에 부화하여 어미가 물어다 주는 벌레를 먹고 자란 제비는 이제 무더운 나라로 떠나야 한다. 제비는 철새여서 어미와 고향을 떠나야 한다. 먼 나라에서 다시 먼 나라로 이동해야만 한다.

소월은 제비를 일컬어 "길가에서 떠도는 몸"이라고 한다. 이 가여운 새가 어두운 새벽에 싸늘한 바람을 타고 날아가야 하는 건 정처 없이 떠도는 신세이기 때문이다. 그러나 작은 생물이라 해서 사랑도 없는 것은 아니다. 어미에 대한 깊은 정에 사무치는 제비는 어쩌면 시인 자신의 모습이지 않을까.

성장기의 소월은 내성적인 소년이었다. 그런 성격을 가진 데에는 슬픈 가정사가 있었다. 여행 중이던 소월의 아버지가 철도를 부설하던 일본인에게 마구잡이로 구타를 당해 정신이상자가 되고 만 것이다. 아버지가 불귀의 객이 된 이후 소월은 할아버지 댁에서 살게 된다. 아버지라는 뿌리를 잃은 소월은 자신을 정처 없이 떠도는 사람이라고 여겼을 것이다. 비록 겉으로 표현을 하지는 않았지만 마음 속엔 "울고불며" 떠나야 하는 제비 한 마리가 들어 있었을 것이다.

내 옛날 온 꿈이

김영랑

내 옛날 온 꿈이 모조리 실려간
하늘가 닿는 데에 기쁨이 사시는가

고요히 사라지는 구름을 바래자
헛되나 마음 가는 그곳뿐이라

눈물을 삼키며 기쁨을 찾노란다
허공은 저리도 한없이 푸르름을

엎드려 눈물로 땅 위에 새기자
하늘가 닿는 데에 기쁨이 사신다

눈물뿐인 삶을 살고 있는 시인은 애써 기쁨을 찾는다. 기쁨은 어디에 살고 있는가. "내 옛날 꿈이 모조리 실려간" 곳이라고 그는 생각한다. 기쁨의 거처는 지상에 있지 않다. 막연히 "하늘가 닿는 데"에 살 것이라고 추정할 뿐이다. 그곳은 갈 수 없고 닿을 수도 없는 곳이다. "하늘가 닿는 데에 기쁨이 사신다"라고 땅 위에 새기는 시인의 세상은 여전히 눈물 흘릴 일이 많다. 그러나 기쁨이 사는 곳을 새김으로써 희망어린 전망을 제시한다.

영랑은 힘든 시절에 시를 쓰고 모란을 가꿨다. 아내의 묘에 찾아가기도 했다. 그러나 그렇게 해도 씻을 수 없는 슬픔이 있었다. 기쁨이 사시는 곳을 특정하지 않고서는 못 견딜 슬픔이 있었다.

엄마야 누나야

김소월

엄마야 누나야 강변 살자,
뜰에는 반짝이는 금모래 빛,
뒷문 밖에는 갈잎의 노래
엄마야 누나야 강변 살자.

이 세상에 지상낙원이 있다면 그곳은 어디일까. 시인은 강변이 그런 곳이라고 말한다. 마당은 금빛으로 빛나고 뒷문 너머에는 갈대 잎 나부끼는 소리가 들려오는 곳. 그런 곳에 함께 살고 싶은 사람은 '임'도 아니고 친구도 아니다. 나면서부터 가장 가까운 혈육, 엄마와 누나와 도란도란 오순도순 살고 싶다. 이렇듯 '강변'은 시인이 동심으로 돌아갈 수 있는 에덴이자 유년의 관계를 회복할 수 있는 근원이다. 단순한 장소가 아닌 하나의 시공간적 배경이다.

나의 '강변'은 어떤 풍경으로 이루어져 있을까. 상상해 본다. 상상할수록 소월이 마음속으로 그려냈던 빛과 소리가 쏟아질 듯 가깝다.

언–땅 한길

김영랑

언땅 한길 파도 파도
괭이는 아프게 마주치더라
언–대로 묻어두기 불상하기사
봄 되어 녹으면 울며 보채리
두 자 세치를 눈이 덮여도
뿌리는 얼씬 못 건드려
대 죽고 난 이 삼월 파르스름히
풀잎은 깔리네 깔리네

코끝이 시린 겨울날, 땅은 파도 파도 여전히 단단하게 얼어 붙어 있다. 그렇게 결코 풀리지 않을 것처럼 굳은 상태를 유지한다. 언 땅에 자리 잡은 뿌리는 무엇으로도 얼리거나 죽일 수 없다. 살아남은 풀들이 늦겨울과 초봄의 황량한 산에 들에 돋아난다. 언 땅을 들어올릴 만큼 힘센 연두의 싹들.

암울한 시대 속에서도 영랑은 결코 자신의 뿌리를 잊은 적이 없었다. 일제의 핍박이 극에 달해도 그들이 회유해도 고향을 지키며 시를 썼다. 풀의 힘을 믿었기에, 그것들의 연약하지만 강한 뿌리에 희망을 걸었기에 가능한 일이었다.

고향

김소월

1
짐승은 모르나니 고향인지라
사람은 못 잊는 것 고향입니다
생시에는 생각도 아니 하던 것
잠들면 어느덧 고향입니다.

조상님 뼈 가서 묻힌 곳이라
송아지 동무들과 놀던 곳이라
그래서 그런지도 모르지마는
아아 꿈에서는 항상 고향입니다

2
봄이면 곳곳이 산새 소리
진달래 화초 만발하고
가을이면 골짜구니 물드는 단풍
흐르는 샘물 위에 떠나린다.

바라보면 하늘과 바닷물과
차 차 차 마주 붙어 가는 곳에
고기잡이배 돛 그림자
어기여차 디엇차 소리 들리는 듯.

3

떠도는 몸이거든
고향이 탓이 되어
부모님 기억 동생들 생각
꿈에라도 항상 그곳에서 뵈옵니다

고향이 마음 속에 있습니까
마음 속에 고향도 있습니다
제 넋이 고향에 있습니까
고향에도 제 넋이 있습니다

마음에 있으니까 꿈에 뵙지요
꿈에 보는 고향이 그립습니다

4

물결에 떠내려간 부평 줄기
자리 잡을 새도 없네
제자리로 돌아갈 날 있으랴마는!
괴로운 바다 이 세상의 사람인지라 돌아가리

고향을 잊었노라 하는 사람들
나를 버린 고향이라 하는 사람들
죽어서만은 천애일방 헤매지 말고
넋이라도 있거들랑 고향으로 네 가거라

소월의 고향은 평북 정주이다. 이 고장은 소월뿐만 아니라 김억과 백석이 나고 자란 곳이기도 하다. 이렇듯 우리 시사에 큰 획을 그은 시인들을 길러낸 정주는 산과 물이 깊고 사람 사는 풍속이 진진한 고장이다. 그뿐 아니라 교통이 발달하여 새로운 문물이 도입되는 길목 역할을 하기도 했다.

이곳에서 소월은 숙모인 계희영이 들려주는 옛이야기에 귀 기울이며 어린 시절을 보냈다. 손에 땀을 쥐게 하는 전설과 재미있는 민담을 들으며 자란 고향. 어머니와 숙모가 보살펴 주던 고향. 소월은 정주에서 어린 시절을 보내고 역시 그곳에 소재한 오산학교에서 교육을 받으며 우리말의 깊고 그윽한 멋을 터득해 나갔다.

정주에는 19세기 초반 서도인에 대한 차별에 항거해 불꽃같이 일어났던 홍경래가 최후를 마친 정주성이 있다. 소월은 홍경래를 기리는 시 〈물마름〉을 썼고, 고향 후배인 백석은 시 〈정주성〉을 썼다.

지반추억(池畔追憶)

김영랑

깊은 겨울 햇빛이 다사한 날
큰 못가의 하마 잊었던 둔덕길을 사뿐 거닐어 가다 무심코 주저앉다
구을다 남아 한곳에 쏘복히 쌓인 낙엽 그 위에 주저앉다
살르 빠시식 어쩌면 내가 이리 짓궂은고
내 몸푸를 내가 느끼거늘 아무렇지도 않은 듯 앉아지다?
못물은 추위에도 닳는다 얼지도 않는 날세 낙엽이 수없이 묻힌 검은 뻘
흙이랑 더러 드러나는 물부피도 많이 줄었다
흐르질 않더라도 가는 물결이 금 그어지거늘
이 못물 왜 이럴꼬 이게 바로 그 죽음의 물일까
그저 고요하다 뻘흙 속엔 지렁이 하나도 굼틀거리지 않아? 뽀글하지도 않아
그저 고요하다 그 물위에 떨어지는 마른 잎 하나도 없어?
햇볕이 다사롭기야 나는 서어하나마 인생을 느끼는듸
연아문해? 그때는 봄날이러라 바로 이 못가이러라
그이와 단둘이 흰모시 진솔 두르고 푸르른 이끼도 행여 밟을세라 돌 위에 앉고
부프른 봄물결 위의 떠노는 백조를 희롱하여
아직 청춘을 서로 좋아하였었거니
아! 나는 이즈음 서어하나마 인생을 느끼는듸

시인은 햇빛 다사한 겨울날, 그동안 잊고 있었던 연못가를 산책하고 있다. 그곳은 봄날에 “그이와 단둘이 흰모시 진솔 두르”고 “아직 청춘을 서로 좋아하였었”던 자리이다. 그러나 과거에 백조가 떠놀던 연못은 생명이 약동하는 기색이 없다. “뻘흙 속엔 지렁이 한 마리도 굼틀거리지 않”고 “마른 잎 하나” 떨어지지도 않는다. 시인은 탄식한다. 이제야 미숙하나마 “인생을 느끼는듸” 봄날은 사라지고 만 것이다.

봄 추억에 잠긴 시인 곁에 앉아 보고 싶다. “죽음의 물”을 들여다보며 추억에 잠긴 시인 곁에서 나도 봄날을 회상하고 싶다. 흩어지는 꽃잎처럼 덧없이 가는 봄, 모란이 닷새쯤 피었다 지는 그 봄날을.

여수

김소월

1

유월 어스름 때의 빗줄기는

암황색의 시골을 묶어세운 듯,

뜨며 흐르며 잠기는 손의 널쪽은

지향도 없어라, 단청의 홍문!

2

저 오늘도 그리운 바다,

건너다보자니 눈물겨워라!

조그마한 보드라운 그 옛적 심정의

분결같던 그대의 손의

사시나무보다도 더한 아픔이

내 몸을 에워싸고 휘떨며 찔러라,

나서 자란 고향의 해 돋는 바다요.

시인은 객지에 있다. 그곳에선 “유월 어스름 때의 빗줄기”가 내린다. 그는 고향에 펼쳐져 파도치던 “해 돋는 바다”를 그리워한다. “그대의 손의” “사시나무보다도 더한 아픔이” “몸을 에워싸고 휘떨며” 찌를 만큼 아픈 시인은 왜 객지 생활을 하게 되었을까.

근대화의 물결이 온 나라를 휩쓸고 일본의 압제가 본격화되었을 때 소월은 고향을 떠나 서울에 있는 배재고보에서 수학했다. 당시 영랑이 휘문의숙에서 수학하고 있었으므로 소월과 영랑 두 사람은 만난 적이 있지 않았을까.

‘북에는 소월, 남에는 영랑’이라는 말이 있을 정도로 쌍벽을 이뤘던 두 시인은 그렇게 경성의 같은 하늘 밑에서 시심을 키워나갔을 것이다.

발짓

김영랑

거나한 낮의 소란 소리 풍겨졌는데 금시 퇴락하는 양

묵은 벽지의 내음 그윽하고

저쯤에서 걸려 있을 희멀끔한 달

한 자락 펴진 구름도 못 말아놓는 바람이어니

묵근히 옮겨 딛는 밤의 검은 발짓만 고되인 넋을 짓밟누나.

아! 몇날을 더 몇날을

뛰어본 다리 날아본 다리

허전한 풍경을 안고 고요히 선다.

홀로 방에 있을 시인은 낮의 소란이 물러난 이후의 시간을 바라보고 있다. 그것은 퇴락의 시간이다. 오래된 벽지는 더 빛이 바래고 "희멀끔한 달"은 "저쯤에서 걸려 있을" 것이라 추측된다. 그는 조금씩 어두워지는 밤의 "발짓"에 "고되인 넋"을 짓밟힌다. "뛰어" 보고 "날아" 보아도 소용없이 풍경은 허전하기만 하다.

무너져 가고 속절없이 부서져 버리는 조국의 현실 앞에서 영랑의 마음은 얼마나 캄캄했을까. 이런저런 노력을 해도 식민지의 백성일 뿐. 새벽의 푸른 기운을 기다리는 것조차 부질없어 보였을 것이다. "밤의 검은 발짓"은 이 나라를 얼마나 퇴락하게 만들고서야 끝날까. 끝나기는 끝날 것인가.

왕십리

김소월

비가 온다
오누나
오는 비는
올지라도 한 닷새 왔으면 좋지.

여드레 스무날엔
온다고 하고
초하루 삭망이면 간다고 했지.
가도 가도 왕십리 비가 오네.

웬걸, 저 새야
울려거든
왕십리 건너가서 울어나 다오.
비 맞아 나른해서 벌새가 운다.

천안에 삼거리 실버들도
촉촉이 젖어서 늘어졌다데.
비가 와도 한 닷새 왔으면 좋지.
구름도 산마루에 걸려서 운다.

왕십리는 서울시 성동구의 서북부 지역을 일컫는 지명이다. 동시에 '십 리를 가라'라는 뜻이기도 하다. 여기에는 조선의 태조 이성계에게서 새 도읍지를 정해 달라는 청을 받고 전국을 돌았던 무학대사의 전설이 담겨 있다.

무학대사가 왕십리 지역이 새 왕국의 도읍으로 적당하다 생각하던 찰나, 한 농부가 여기서 십 리를 더 가야 한다고 말했다는 일화다. 시인이 "가도 가도 왕십리"라고 말한 것은 왕십리를 벗어나지 못한다는 뜻도 되고, '가고 또 가도 거기서 십 리를 더 가라 하네'라는 뜻도 된다.

멈추지 않는 비, 끝날 것 같지 않은 비. 다시 해가 날 거라 기대하지도 못할 만큼 궂은 날들이 있다. 소월은 그런 날들을 어떻게 견뎠을까. 1934년, 그가 하늘로 떠난 때는 일본의 압제가 극에 달하던 시절이었다.

놓인 마음

김영랑

가을날 땅거미 아름풋한 흐름 위를
고요히 실리우다 휜한 듯 스러지는 것
잊은 봄 보랏빛의 낡은 내음이뇨
이미 사라진 천리 밖의 산울림
오랜 세월 시달린 으스름한 파스텔

애닯은 듯한
좀 서러운 듯한

오……모두 다 못 돌아오는
먼– 지난날의 놓인 마음

– 구시첩(舊詩帖)에서

영랑은 당대부터 지금까지도 유명한 시인이지만 그러한 명성 뒤에는 이루지 못한 사랑과 꿈이 있었다. 그중에서도 천재 무용가 최승희와의 사랑은 유명하다. 두 사람은 서로 열렬히 사랑했으나 양가의 반대로 결혼하지 못했다. 자살을 기도할 정도로 영랑은 실의에 빠지고 말았다. 학업도 중단되었다. 게다가 일본에서 음악을 전공하고자 했으나 부친의 반대로 포기했고, 영문학을 전공했으나 관동대진재로 인해 접어야 했다.

이 시에서 시인은 과거에 놓아 보냈던 마음을 떠올려보고 있다. “스러지는”, “잊은”, “낡은”, “이미 사라진”, “오랜 세월 시달린” 등의 구절로 보아 그것은 이제 말 그대로 과거가 된 듯하다. 그러나 완전히 사라지지는 않았다. 과거는 영원성을 지니고 있기 때문이다.

희망

김소월

날은 저물고 눈이 나려라
낯설은 물가로 내가 왔을 때.
산 속의 올빼미 울고 울며
떨어진 잎들은 눈 아래로 깔려라.

아아 소쇄스러운 풍경이여
지혜의 눈물을 내가 얻을 때!
이제금 알기는 알았건마는!
이 세상 모든 것을
한갓 아름다운 눈어림의
그림자뿐인 줄을.

이울어 향기 깊은 가을밤에
움츠러든 나무 그림자
바람과 비가 우는 낙엽 위에.

빛이 있으면 그림자가 있다. 그러나 우리는 물체에 닿은 가시광선만 인식할뿐 물체 뒤에 드리워진 그림자는 보지 않는다. 소월의 시 〈희망〉은 제목과 달리 전체적으로 암울한 분위기를 띠고 있다. 저녁이고 차가운 눈은 날리고 '내'가 온 장소마저 낯설다. 이런 상황 속에서 다행히 한 가지 깨달음이 있으니, "이 세상 모든 것은 / 한갓 아름다운 눈어림의 / 그림자뿐"이라는 것이다. 소월은 "움츠러든 나무"의 "그림자"를 바라보며 작품을 매듭 짓는다.

모든 사람은 그림자를 가지고 있다. 어떤 행동을 하느냐에 따라 그림자의 방향과 형태가 달라질 뿐이다. 그림자가 자주 하는 행동이 바로 그 사람이다. 마찬가지로 이 세상 온갖 것들도 그림자를 드리운다. 그 사실을 깨달을 때 집착과 번뇌가 사라질 것이다. 새 희망이 조금씩 싹틀 것이다.

절망

김영랑

옥천 긴 언덕에 쓰러진 죽음 떼죽음
생혈은 쏟고 흘러 십리 강물이 붉었나이다
싸늘한 가을바람 사흘 불어 피 강물은 얼었나이다
이 무슨 악착한 죽음이오니까
이 무슨 전세(前世)에 없던 참변이오니까
조국을 지켜주리라 믿은 우리 군병의 창 끝에
태극기는 갈갈이 찢기고 불타고 있습니다
별 같은 청춘의 그 총총한 눈들은
악의 독주에 가득 취한 병졸의 칼 끝에
모조리 도려지고 불타 죽었나이다
이 무슨 재변(災變)이오니까
우리의 피는 그리도 불순한 바 있었나이까
무슨 정치의 이름 아래
무슨 뼈에 사무친 원수였기에
홑한 겨레의 아들이었을 뿐인데
이렇게 유황불에 타죽고 말았나이까
근원이 무어든지 캘 바가 아닙니다
죽어도 죽어도 이렇게 죽는 수도 있나이까
산채로 살을 깎이어 죽었나이다
산채로 눈을 뽑혀 죽었나이다

칼로가 아니라 탄환으로 쏘아서 사지를 갈갈이 끊어 불태웠나이다

홑한 겨레의 피에도 이렇게 불순한 피가 섞여 있음을 이제 참으로 알았나이다

아! 내 불순한 핏줄 저주받을 핏줄

산고랑이나 개천가에 버려둔채 까맣게 연독(鉛毒)한 주검의 하나하나

탄환이 쉰방 일흔방 여든방 구멍이 뚫고 나갔습니다

아우가 형을 죽였는데 이렇소이다

조카가 아재를 죽였는데 이렇소이다

무슨 뼈에 사무친 원수였기에

무슨 정치의 탈을 썼기에

이리도 이 민족에 희망을 붙여볼 수 있사오리까

생각은 끊기고 눈물은 흐릅니다

해방 이후 민족이 단결할 것이라 믿은 영랑은 눈앞에 벌어진 믿을 수 없는 광경에 절망하고 만다. 이념이 다르다는 이유만으로 참혹한 살상이 자행되고 "정치의 이름 아래" 서로가 반목하는 조국의 현실이 무참할 뿐이다. 그는 "홑한 겨레의 피"에 "불순한 피가 섞여 있음을" 탄식한다.

같은 민족에 총부리를 겨눠 그 결과 피의 강이 얼어붙은 상황은 이 시가 쓰이고 나서도 수년 동안 계속되었다. 그리고 마침내 동족상잔의 비극인 한국전쟁이 일어난다. 영랑은 서울에 남아 있다가 어디선가 날아든 총탄에 맞아 죽음을 맞이했다. 겨레를 위해 한참을 더 일할 수 있을 마흔일곱의 나이였다.

나는 세상 모르고 살았노라

김소월

《가고 오지 못한다》는 말을
철없던 내 귀로 들었노라.
만수산 올라서서
옛날에 갈라선 그 내 임도
오늘날 뵈올 수 있었으면.

나는 세상 모르고 살았노라,
고락에 겨운 입술로는
같은 말도 조금 더 영리하게
말하게도 지금은 되었건만.
오히려 세상 모르고 살았으면!

《돌아서면 무심타》는 말이
그 무슨 뜻인 줄을 알았으랴.
제석산 붙는 불은 옛날에 갈라선 그 내 임의
무덤엣 풀이라도 태웠으면!

모든 사랑은 이별을 동반한다. 심지어 자신을 향한 사랑마저 죽음 앞에서는 부질없을 따름이다. 세상에는 "'가고 오지 못한다'", "'돌아서면 무심타'"라는 말이 있다. 그러나 시인은 "세상 모르고 살"아 왔기에 그 말의 정확한 뜻을 알지 못했다. 지금은 그 뜻을 알게 되었지만 "옛날에 갈라선 그 내 임"과의 이별을 좀처럼 인정할 수 없다. 한편으로는 아무것도 "모르고 살"았던 삶이 차라리 나은 것이었다는 생각도 든다. 이렇듯 갈팡질팡하며 마음을 잡을 수 없다.

"내 임"은 죽어서 땅에 묻혔다. 시인은 아무도 돌보는 사람 없는 무덤에 잡풀이 우거졌으리라 짐작한다. 그곳에 갈 수 없는 자기 대신 "제석산 붙는 불"이라도 풀을 살라 주기를 바랄 뿐이다.

이별은 쉽사리 인정되지 않는다. 그리고 어떤 마음은 세월이 흘러도 변함없다. 언젠가는 헤어진 사람이 돌아올 것 같은 심정이 임을 잃은 사람의 마음이다.

가늘한 내음

김영랑

내 가슴속에 가늘한 내음
애끈히 떠도는 내음
저녁해 고요히 지는제
먼 산 허리에 슬리는 보랏빛

오! 그 수심뜬 보랏빛
내가 잃은 마음의 그림자
한이틀 정열에 뚝뚝 떨어진 모란의
깃든 향취가 이 가슴 놓고 갔을 줄이야

얼결에 여읜 봄 흐르는 마음
헛되이 찾으려 허덕이는 날
뻘 위에 철석 갯물이 놓이듯
얼컥 나-는 후끈한 내음

아! 후끈한 내음 내키다마는
서어한 가슴에 그늘이 도나니
수심 뜨고 애끈하고 고요하기
산허리에 슬리는 저녁 보랏빛

소월의 봄이 진달래꽃 하나둘 피어나는 초봄이라면 영랑의 봄은 모란꽃 피는 오월이다. 모란은 “한이틀 정열”의 꽃을 피우다가 물씬 풍기는 “향취”를 가슴에 남겨두고 “뚝뚝 떨어”져 버린다. 마치 잠시 만나 불꽃처럼 사랑하던 사람이 떠나간 것처럼.

시인은 “가슴속” 그리움을 모란꽃의 “가늘한 내음”이라고, 몹시 슬프게 “떠도는 내음”이라고 표현한다. 시인의 “마음의 그림자”는 “후끈한” 냄새가 밀려와도 걷히지 않는다. 그 보랏빛 슬픔은 내내 시인이 바라보고 있는 산허리를 감싸고 있다.

담배

김소월

나의 긴 한숨을 동무하는
못 잊게 생각나는 나의 담배!
내력을 잊어버린 옛 시절에
났다가 새 없이 몸이 가신
아씨님 무덤 위의 풀이라고
말하는 사람도 보았어라.
어물어물 눈앞에 스러지는 검은 연기,
다만 타 붙고 없어지는 불꽃.
아 나의 괴로운 이 맘이여.
나의 하염없이 쓸쓸한 많은 날은
너와 한가지로 지나가라.

시인은 괴롭고 쓸쓸하고 근심이 가득한 사람이다. 그 곁을 내내 지키는 것은 반려자도 서책도 집짐승도 아닌 담배다. 두 손가락 사이에서 타오르는 담배가 "나의 긴 한숨"과 둘도 없는 친구라고 할 때 시인은 얼마나 외로운 사람인가. 담배는 "검은 연기"가 되어 "스러지"고 그것의 "불꽃"은 "없어"진다. 불을 붙이는 순간 차츰 없어지는 담배를 친구 삼은 시인은 자신도 그렇게 멸하는 존재라 생각할 것이다.

영국의 소설가 찰스 킹슬리는 담배를 "외로운 사람의 벗, 미혼자의 친구, 굶주린 사람의 음식, 슬픈 사람의 위로, 잠 못 이루는 사람의 잠, 추운 사람을 위한 불"이라 했다.

그의 말이 아니라도 애연가들의 담배 예찬은 그치지 않는다. 소월이 살던 시대로부터 많은 세월이 흘러 이제는 담배가 백해무익하다는 사실이 널리 알려져 있다. 그럼에도 담배를 피워 무는 사람에게 소월의 시는 어떤 의미로 다가갈까.

시냇물 소리

김영랑

바람 따라 갓 오고 멀어지는 물소리
아주 바람같이 쉬는 적도 있었으면
흐름도 가득찰랑 흐르다가
더러는 그림같이 머물렀다 흘러보지
밤도 산골 쓸쓸하이 이 한밤 쉬어가지
어느뉘 꿈에든 셈 소리 없든 못할소냐

새벽 잠결에 언뜻 들리어
내 무건 머리 선뜻 씻기우느니
황금소반에 구슬이 굴렀다
오 그립고 향미론 소리야
물아 거기 좀 멈췄으라 나는 그윽히
저 창공의 은하만년을 헤아려보노니

모두가 잠든 깜깜한 새벽에 "시냇물 소리"가 들려온다. 바람이 약하게 불 땐 물소리가 크게 들리고 바람이 세지면 사그라진다. 시인은 잠에서 깨어나 우주의 신비를 "헤아려보"고 싶어 한다. 그러려면 물소리가 그쳐야 한다. 그는 물이 "바람같이 쉬"기를 바라고, "머물렀다" 흐르기를 바라고, 어떤 사람의 꿈속에서처럼 소리를 내지 않길 바란다. 물이 "멈"춰서 세상이 고요해지면 "창공의 은하만년"의 신비에 다가서고 싶어서다. 우주의 질서와 조화를 알고 싶어서다.

시인은 물소리가 살아 있는 생물인 양 자신의 바람을 말하기도 하고 "멈췄으라"라고 명령하기도 한다. 대자연을 바라보기만 하는 게 아니라 능동적으로 참여한다.

스위스의 심리학자 피아제는 4~6세 무렵의 어린이들이 물활론적 사고를 한다고 보았다. 시인은 모든 물질이 살아 있다고 믿는 물활론자다. 영랑의 감각은 모든 가능성에 열려 있었다. 시인이 바라보고 듣고 만지는 물질들은 살아 움직인다. 시인은 다만 그것들을 받아 적을 뿐이다.

옛이야기

김소월

고요하고 어두운 밤이 오면은
어스레한 등불에 밤이 오면은
외로움에 아픔에 다만 혼자서
하염없는 눈물에 저는 웁니다

제 한 몸도 예전엔 눈물 모르고
조그마한 세상을 보냈습니다
그때는 지난날의 옛이야기도
아무 설움 모르고 외웠습니다

그런데 우리 임이 가신 뒤에는
아주 저를 버리고 가신 뒤에는
전날에 제게 있던 모든 것들이
가지가지 없어지고 말았습니다.

그러나 그 한때에 외워두었던
옛이야기뿐만은 남았습니다
나날이 짙어가는 옛이야기는
부질없이 제 몸을 울려줍니다

네 살배기 어린 소월과 숙모 계희영의 만남은 운명적이었다. 집안의 큰살림을 이끌던 어머니를 대신해 계희영이 그의 귓가에 《심청전》이나 《춘향전》 같은 고전소설, 접동새 전설 같은 옛이야기를 들려주곤 했던 것이다. 영특했던 소월은 그렇게 전해들은 이야기들을 외우며 어린 시절을 보냈다. 옛이야기를 듣고 외울 때만큼은 일제의 만행에 폐인이 되고 만 아버지의 부재도 갑자기 찾아드는 설움도 잊을 수 있었다.

"우리 임"이 떠나게 되어 모든 것을 잃은 후에도 옛이야기만은 남았다. 옛이야기는 그토록 아름답고 강할 뿐 아니라 위대한 시인의 자양분이 되었던 것이다.

호젓한 노래

김영랑

그대 내 홑진 노래를 들으실까
꽃은 가득 피고 벌떼 닝닝거리고

그대 내 그늘 없는 소리를 들으실까
안개 자욱히 푸른 골을 다 덮었네

그대 내 홍 안 이는 노래를 들으실까
봄물결은 왜 이는지 출렁거리네

내 소리는 꾀벗어 봄철이 실타래
호젓한 소리 가다가는 씁쓸한 소리

어스름한 달밤 빨간 동백꽃 쥐어따서
마음씨 양 꽁꽁 쭈물러 버리네

아무리 좋게 생각하려 해도 자기 자신이 마음에 들지 않을 때가 있다. 그럴 때면 자신이 부르는 노래는 단순하기 짝이 없는 데다 재미없는 것 같고 소리에도 깊이가 없는 것 같다. 이렇게 시인이 자신에 대해 불만이 가득한 반면 자연의 이미지는 화사하기 그지없다. "꽃은 까득 피고 벌떼 닝닝거리"며 온 산과 들판이 생명력으로 약동한다. "봄물결"도 "출렁거리"고 "안개"는 "자욱"하다.

영랑의 고향이 아무리 아름다워도 조국의 현실은 비참할 뿐이었다. 피폐해가는 민족과 "꾀벗"은 소리밖에 낼 수 없는 시인의 처지는 풍경이 아름다울수록 참혹히 대비되었다. 붉고 고혹적인 "동백꽃"을 "쭈물러 버"릴 수밖에 없었다. 식민 치하의 시인은 일제에 대한 분노를 그렇게 표현할 수밖에 없었다.

기회

김소월

강 위에 다리는 놓였던 것을!
건너가지 않고 주저하는 동안
〈때〉의 거친 물결은 볼 새도 없이
다리를 무너뜨리고 흘렀습니다.

먼저 건넌 당신이 어서 오라고
그만큼 부르실 때 왜 못 갔던가!
당신과 나는 그만 이편저편서,
때때로 울며 바랄 뿐입니다려.

이탈리아 토리노박물관에는 유난히 눈길을 끄는 조각상이 있다. 벌거벗은 남성의 조각상인데, 앞머리는 길고 뒷머리는 대머리다. 어깨와 발목에는 날개가 있고 손에 저울과 칼을 들었다.

그가 벌거벗은 이유는 눈에 잘 띄기 위해서다. 앞머리가 긴 이유는 사람들이 자신을 쉽게 잡을 수 있게 하기 위해서다. 그러나 그가 지나가 버리면 다시는 붙들 수 없다. 뒷머리가 대머리라서 잡히지 않을 뿐 아니라 어깨와 발목의 날개를 힘차게 저어 재빨리 날아가 버리기 때문이다. 그가 손에 칼과 저울을 들고 있는 이유는 사람들로 하여금 신중하게 판단하고 신속하게 의사결정을 하게 하기 위해서다. 조각상의 이름은 카이로스, 제우스의 아들이며 기회의 신이다.

우리는 살아가는 동안 크고 작은 기회와 만나게 된다. 그러나 모든 기회를 알아보는 것은 아니다. 때로는 그것이 지나간 다음에 절호의 때를 놓쳤음을 깨닫고 통탄하곤 한다.

시인은 "당신"이 다리를 건너오라고 불렀던 것이 기회임을 알아채지 못했다. 그 결과 "〈때〉의 거친 물결"이 다리를 부숴 "당신"과의 사이를 벌려 놓고 말았다.

소월이 이 시를 쓸 때의 심경은 어떤 것이었을지 상상하기 어렵다. 그의 '임', '당신'은 연인을 뜻하기도 하지만 잃어버린 조국을 의미하기도 한다. 소월의 시가 널리 사랑받는 이유는 이렇듯 슬픈 민족적 정서를 시로 승화했기 때문일 것이다.

가야금

김영랑

북으로
북으로
울고간다 기러기

남방의
대숲 밑
뉘 휘여 날게했느뇨

앞서고 뒤서고
어지럴 리 없으나
가냘픈 실오라기
네 목숨이 조매로아

이 시는 영랑의 또 다른 작품, 〈행군〉과 흡사하다. 〈행군〉에서 기러기가 슬픈 행렬로 묘사되었듯 이 시에서 '기러기'는 가냘프고 조마조마한 행렬로 묘사된다. 가야금은 '안족(雁足)'이라 불리는 열두 개의 받침대 위에 현을 놓은 악기이다. '안족'은 우리 말로 '기러기 발'이라는 뜻이다.

주르르 늘어선 가야금의 안족은 마치 기러기 떼가 행렬 지어 나는 것처럼 보이기도 한다. 영랑은 기러기 발 위에 얹힌 "가냘픈 실오라기"를 보며 "네 목숨"이 조마조마하다고 생각했다. 우리 민족의 악기인 가야금에 서린 슬픔을 보았기 때문일 것이다.

고락

김소월

무거운 짐 지고서 닫는 사람은
기구한 발부리만 보지 말고서
때로는 고개 들어 사방산천의
시원한 세상 풍경 바라보시오.

먹이의 달고 씀은 입에 달리고
영욕의 고와 낙도 맘에 달렸소
보시오 해가 져도 달이 뜬다오
그믐밤 날 궂거든 쉬어 가시오.

무거운 짐 지고서 닫는 사람은
숨차다 고갯길을 탄치 말고서
때로는 맘을 눅여 탄탄대로의
이제도 있을 것을 생각하시오.

편안이 괴로움의 씨도 되고요
쓰림은 즐거움의 씨가 됩니다
보시오. 화전망정 갈고 심으면
가을에 황금 이삭 수북 달리오.

칼날 위에 춤추는 인생이라고
물속에 몸을 던진 몹쓸 계집애
어쩌면 그럴 듯도 하긴 하지만
그렇지 않은 줄은 왜 몰랐던고.

칼날 위에 춤추는 인생이라고
자기가 칼날 위에 춤을 춘 게지
그 누가 미친 춤을 추라 했나요
얼마나 비꼬인 계집애던가.

이야말로 제 고생을 제가 사서는
잡을 데 다시없어 엄나무지요
무거운 짐 지고서 닫는 사람은
길가의 청풀 밭에 쉬어 가시오.

무거운 짐 지고서 닫는 사람은
기구한 발부리만 보지 말고서
때로는 춘하추동 사방산천의
뒤바뀌는 세상을 바라보시오.

무겁다 이 짐일랑 벗을 겐가요
괴롭다 이 길일랑 아니 걷겠나
무거운 짐 지고서 닫는 사람은
보시오 시내 위의 물 한 방울을.

한 방울 물이라지 모여 흐르면
흘러가서 바다의 물결 됩니다
하늘로 올라가서 구름 됩니다
다시금 땅에 내려 비가 됩니다.

비 되어 나린 물이 모둥켜지면
산간엔 폭포 되어 수력전기요
들에선 관개 되어 만종석이요
메말라 타는 땅에 기름입니다.

어여쁜 꽃 한 가지 이울어갈 제
밤에 찬 이슬 되어 축여도 주고
외로운 어느 길손 창자 조릴 제
길가의 찬샘 되어 누꿔도 주오.

시내의 여지없는 물 한 방울도
흐르는 그만 뜻이 이러하거든
어느 인생 하나이 저만 저라고
기구하다 이 길을 타박했나요.

이 짐이 무거움에 뜻이 있고요
이 짐이 괴로움에 뜻이 있다오
무거운 짐 지고서 닫는 사람이
이 세상 사람다운 사람이라오.

"무거운 짐 지고서 닫는 사람은"이 반복되는 이 시는 전형적인 칠오조(七五調)의 음률을 가지고 있다. 시인은 삶의 질곡을 겪는 사람들을 권면하는 동시에 희망을 주는 위치에 있다. 그에 의하면 한 방울의 물도 쓰임새가 있다. 시들어가는 꽃가지를 적셔 주기도 하고 나그네의 목을 축여 주기도 하는 것이다. 그렇다면 하물며 사람의 쓰임새는 어떠할 것인가, 시인은 "사람다운 사람"은 "무거운 짐 지고서 닫는 사람"이라고 말한다.

어둡고 힘든 모습의 동시대 사람들에게 소월은 말로는 다 할 수 없는 동질감을 느끼며 살았다. 그러나 모두에게 위로가 되는 시를 썼지만, 애석하게도 소월은 스스로 삶을 마감했다. 광복을 십년 남짓 앞둔 시점이었다.

우감(偶感)

김영랑

우렁찬 소리 한마디 안 그리운가
내 비위에 꼭 맞는 그 한마디!
입에 돌고 귀에 아직 우는구나

40 갓 찬 나이, 내 일찍 나서 좋다
창자가 짤리는 설움도 맛봐서 좋다
간 쓸개가 가까스로 남았거늘

아버지도 싫다 너무 이른 때 나셨다
아들도 싫다 너무 지나서 나왔다
내 나이 알맞다 가장 서럽게 자랐다

행복을 찾노라 모두들 환장한다
제 혼자 때문만 아니라는구나 주제넘게 남의 행복까지!
갖다 부처님께 바쳐라 앓는 마누라나 달래라

봄 되면 우렁찬 소리 여기저기 나는 듯해 자지러지다가도
그저 되살아날 듯싶다만 내 보금자리는 하냥 서런
행복이 가득 차 있다

행복하게 보이는 사람도 속마음은 울고 있을 때가 많다. 시인은 “서럽게 자랐”기에 행복을 추구하면서도 막상 그것이 주어지면 마음껏 누리지 못한다. 이제 불혹이 된 그는 서럽지 않은, “우렁찬 소리”를 그리워한다. 그러나 기다리던 봄이 오면 그 소리가 곳곳에서 들릴 것 같지만 현실 세계는 여전히 그늘져 있을 뿐이다.

현대 사회에서도 겉으로 웃음 짓고 속을 앓는 경우를 자주 목격한다. 자신의 마음과 달리 항상 미소 지어야만 하는 감정 노동자에게서 유난히 발견된다. 마음속에 있는 것들을 내보일 수 없는 상황 속에서 “우렁찬 소리 한마디”인 조국의 해방을 기다리는 영랑의 모습이 눈에 선하다.

건강한 잠

김소월

상냥한 태양이 씻은 듯한 얼굴로
산 속의 고요한 거리 위를 쓴다
봄 아침 자리에서 갓 일어난다는 몸에
홑겹 옷을 걸치고 들에 나가 거닐면
산뜻이 살에 숨는 바람이 좋기도 하다.
뾰족뾰족한 풀의 싹을
밟는가 봐 저어
발도 사뿐히 가려 놓을 때,
과거의 10년 기억은 머릿속에 선명하고
오늘날의 보람 많은 계획이 확실히 선다.
마음과 몸이 아울러 유쾌한 간밤의 잠이여.

잠자는 동안 우리에게는 무슨 일이 일어나는가. 고대 그리스의 서사시인 호메로스는 "잠은 눈꺼풀을 덮어 선한 것, 악한 것, 모든 것을 잊게 하는 것"이라는 명언을 남겼다. 잠은 작은 죽음이다. 망각해야 할 것들을 잊게 만들고 긴장과 불안을 누그러뜨린다. 그러므로 잠에서 깨어나는 일은 작은 죽음으로부터 나와 새 생명을 얻는 것이다.

숙면을 뜻하는 우리말은 귀잠, 속잠이다. 신랑신부가 첫날밤 자는 잠을 꽃잠이라고 하고, 아기가 양팔을 벌려 자는 잠을 나비잠이라 부른다.

시인은 "건강한 잠"을 예찬하고 있다. "건강한 잠"은 꿈에 시달리지 않고 외부의 자극에 반응하지 않는 잠이다. 과거를 기억하게 하고 지금 서 있는 이 자리에서 계획을 세우게 해 주는 고마운 잠이다. 수면을 방해받지 않는 삶, 불면을 모르는 삶은 얼마나 복된 삶인지!

청명

김영랑

호르 호르르 호르르르 가을 아침
축여진 청명을 마시며 거닐면
수풀이 호르르 벌레가 호르르르
청명은 내 머릿속 가슴속을 젖어들어
발끝 손끝으로 새어나가나니

온살결 터럭끝은 모두 눈이요 입이라
나는 수풀의 정을 알 수 있고
벌레의 예지를 알 수 있다
그리하여 나도 이 아침 청명의
가장 곱지 못한 노래꾼이 된다.

수풀과 벌레는 자고 깨인 어린애
밤새어 빨고도 이슬은 남았다
남았거든 나를 주라
나는 이 청명에도 주리나니
방에 문을 달고 벽을 향해 숨쉬지 않았느뇨

햇발이 처음 쏟아와
청명은 갑자기 으리으리한 관을 쓴다
그때에 토록 하고 동백 한 알은 빠지나니
오! 그 빛남 그 고요함
간밤에 하늘을 쫒긴 별빛의 흐름이 저러했다

온 소리의 앞소리요
온 빛깔의 비롯이라
이 청명에 포근 축여진 내 마음
감각의 낯익은 고향을 찾았노라
평생 못 떠날 내 집을 들었노라

"청명"은 시인에게 생기를 불어넣어 주는 가을의 깨끗한 기운이다. 그 기운에 젖어 몸의 모든 기관은 "눈이요 입"이 된다. 그렇게 세계와 교감할 수 있게 된다. 시인에게 있어 자신은 자연물 가운데 "가장 곱지 못한" 존재다. 그에 비해 떨어지는 "동백 한 알"은 우주의 신비에 견줄 수 있을 만큼 아름답다. 이렇듯 대자연 안에서 시인은 가장 겸손한 자연물이 되어 자신이 감각하는 순간순간을 노래한다.

시인의 몸에 가득한 청명한 기운. "호르르" 나부끼거나 날아다니는 생물들. 영랑이 끝까지 한국어로만 시를 쓰고 창씨개명과 신사참배를 거부할 수 있었던 힘은 우리말의 아름다움에 있었던 것인지도 모른다.

김소월

金素月, 1902~1934

1902년 평안북도 구성에서 태어나 정주에서 자랐다. 본명은 김정식(金廷湜)이고 아호는 '흰 달'이라는 뜻의 소월이다. 오산학교 시절 스승 김억을 만나 시적 재능을 인정받았으며, 1920년에는 〈낭인의 봄〉, 〈그리워〉, 〈춘강〉 등의 시를 문예지 〈창조〉에 발표하면서 시인으로서의 삶을 시작했다.
배재고등보통학교에 진학한 해인 1922년 잡지 〈개벽〉에 대표시 〈진달래꽃〉을 발표했다. 1923년 일본 동경상과대학에 입학했으나 관동대진재로 인해 중퇴했다. 1925년 시집 《진달래꽃》을 출간했다. 1934년 성탄절 하루 전날에 생을 마쳤다.
1939년 스승인 김억이 시 모음집인 《소월시초》를 발간했고, 1977년 〈문학사상〉에 미발표 작품들이 게재되었다. 1981년에는 금관문화훈장이 추서되었으며, 1999년에는 한국예술평론가협의회에 의해 '20세기를 빛낸 한국의 예술인'에 선정되었다.

김영랑

金永郎, 1903~1950

1903년 전라남도 강진에서 태어났다. 본명은 김윤식(金允植)이고, 아호는 금강산의 제일봉인 영랑봉에서 따온 영랑이다. 1917년 휘문의숙에 입학했으나 1919년 3·1운동이 일어나자 고향 강진에 내려가 독립만세 운동을 주도하다 검거되어 대구형무소에 수감되었다.
1920년 일본으로 유학해 영문학을 전공하던 중 관동대진재로 인해 학업을 중단하고 귀국했다. 1930년 박용철, 정지용 등과 함께 시 전문지 〈시문학〉 창간을 주도해 순수 서정시를 추구했다. 1935년 《영랑시집》을, 1949년 《영랑시선》을 출간했다.
초중반기에는 언어의 음악성과 아름다움이 돋보이는 서정시를 썼지만, 후기에 들어서는 일제에 대한 저항적인 시, 좌우로 나뉜 조국의 참상에 대한 비판적인 시를 발표했다. 1950년 북한군이 쏜 유탄에 목숨을 잃었다. 2008년 금관문화훈장을, 2018년에는 건국포장을 추서 받았다.

김소월과 김영랑
아름다운 시 100편

진달래꽃 저문 자리 모란이 시작되면

엮은이 | 최세라
펴낸이 | 황인원
펴낸곳 | 도서출판 창해

신고번호 | 제2019-000317호

초판 1쇄 인쇄 | 2023년 01월 06일
초판 1쇄 발행 | 2023년 01월 13일

우편번호 | 04037
주소 | 서울특별시 마포구 양화로 59, 601호(서교동)
전화 | (02)322-3333(代)
팩스 | (02)333-5678
E-mail | dachawon@daum.net

ISBN 979-11-91215-66-3 (03810)

값 · 14,000원

Publishing Club Dachawon(多次元)
창해 · 다차원북스 · 나마스테